A viagem vertical

A viagem vertical

Enrique Vila-Matas

Tradução de
Laura Janina Hosiasson

Cosac & Naify

Sumário

A Paula de Parma

Cair

Caia/Caia eternamente/ Caia no fundo do infinito/ Caia no fundo de você mesmo/ Caia o mais baixo que possa cair.

Vicente Huidobro, *Altazor*

O pensador de café frio

Quando a noite caiu em pleno dia sobre Barcelona e o temporal de chuva e vento se desencadeou, Federico Mayol, que há uma semana estava à beira do abismo e naquela tarde vagabundeava, não teve outro remédio além de refugiar-se num bar da praça Letamendi, pronunciando a palavra desespero. Já no bar, disse a si mesmo que havia chegado a hora de enfrentar, de uma vez por todas, a situação de catástrofe total em que a vida mergulhara desde que sua mulher, uma semana antes, na penumbra da cozinha, falou:

– Se não tivesse tanto medo, se meu caráter fosse mais forte, agora me atreveria a lhe dizer como gostaria de...

Ela, que descascava ervilhas na cozinha banhada pela luz do entardecer, deteve-se justamente por causa do medo que tinha do marido, e ele então, com ar de auto-suficiência, ordenou-lhe que continuasse.

– Está bem – disse ela, observando absorta como as ervilhas caíam ritmadamente dentro da vasilha de porcelana –, você pediu, querido. Eu agora diria a você o quanto gostaria que me deixasse, que fosse embora desta casa para sempre e me deixasse sozinha.

Sim, eu diria isso. Vá embora, Federico. Me deixe sozinha, quero saber quem sou, eu preciso.

Ele achou que a mulher estava brincando, embora não deixasse de ser muito estranho ouvi-la falar dessa maneira. Teve dúvidas se não estaria bêbada, mas isso era improvável, pois ela jamais havia bebido na vida. Tentando se acalmar, chegou à conclusão de que estava simplesmente diante de um daqueles discretos rompantes de suave mau humor que ela tinha muito de vez em quando.

– Eu ouvi bem? – disse ele num tom de voz algo ameaçador que, diante da esposa, sempre lhe ajudara a manter o controle de qualquer situação.

O que Federico Mayol – Mayol, para os amigos – mais gostava dessa casa, sua segunda residência, era o local em que se encontravam nesse momento, um espaço que não tinha nome, algo assim como um pátio, entre a cozinha e o jardim, coberto parcialmente e que os dois decoraram aos poucos. Ali sentia-se feliz porque, entre outras coisas, podia contemplar a horta que a mulher lhe havia pedido para quando a velhice chegasse.

– Repito. Será que ouvi bem – disse Mayol, elevando o tom intimidatório.

O resultado de sua estratégia foi o contrário do que pretendia. Sua mulher, talvez pelo cansaço de haver suportado tantos anos aquela voz ameaçadora, reagiu com raiva, perdendo imediatamente parte de seu medo.

– Claro que ouviu bem. Até agora só tinha sugerido, mas agora eu exijo. Quero que você vá embora desta casa e da de Barcelona. Das duas, entendeu? Quero que me deixe em paz.

– Mas você ficou louca?

Ela ficou olhando melancolicamente a horta. Depois, com voz pausada, tentando dominar o medo que ainda lhe restava no corpo, disse:

– Eu sei muito bem o que estou fazendo. Você sempre pensou que, em matéria de amor, não amar demais era um meio seguro de ser amado. E você se enganou, meu pobre Federico. Ainda que seja tarde, agora me dei conta disso. Quero que saia de minha vida, meditei muito, quero que me deixe sozinha, eu preciso.

Mayol observou-a querendo acreditar que tudo aquilo era tão irreal quanto um pesadelo. Ela ficou como que ausente, relaxada depois de suas últimas palavras; ficou com a serenidade própria de um rio tranqüilo e profundo, que permanece imperturbável em toda sua extensão diante do ocaso do dia. Calada, olhou para além da horta, para a luz mais longínqua do crepúsculo onde talvez visse refletido o poente de seu casamento.

– Vamos, Julia. Diga que está zombando de mim. Você está fazendo isto porque fica irritada quando descasca ervilhas.

Essas últimas palavras devem ter parecido uma afronta para ela. Reagiu com violência.

– Como tenho de lhe dizer? Vá pensando em me deixar em paz. Os poucos anos de vida que me restam quero desfrutá-los em liberdade.

Uma noite antes haviam celebrado em Barcelona suas bodas de ouro, e nem a mente mais perspicaz do mundo teria conseguido intuir, no dia seguinte, uma cena conjugal feito essa. Ela não só fora sempre um modelo de mulher fiel ao marido, mas em todos os momentos, ao longo de meio século de casamento, tinha sido a mãe cristã e perfeita de seus três filhos e a esposa ideal, uma mulher discreta e elegante que dedicara toda sua vida a Mayol.

– Já sei o que está acontecendo. Você ficou louca ao vir para o campo. Pois olhe que eu avisei. E pensar que estaríamos tão tranqüilos em Barcelona, comentando o que se passou ontem. Ou é por causa das alfaces? – Fazia dias que mantinham uma tola discussão sobre uns pés de alface que ela havia plantado no espaço existente entre os pés de berinjela, sem pensar que as baratas gostariam ainda mais das folhas de berinjela que das folhas de batata. Por culpa das alfaces não se podia pulverizar com arsênico. – Claro, é pelas alfaces. Então olhe, Julia, não estou disposto a continuar discutindo. Devíamos estar em Barcelona e não aqui, descascando ervilhas e olhando o tempo todo para essa horta de merda.

– Os poucos anos que me restam – disse ela, com palavras que pareciam muito meditadas, tremendamente sérias –, quero desfrutar em paz. Tenho estado excessivamente confinada a todas as suas decisões, ao seu egoísmo. Olhe para mim, se puder. Careço de personalidade, só tenho uma horta e sou apenas um vaso triste. Você deve estar contente. Não sei quem sou, essa é a única realidade. Sobretudo, não sei que tipo de mulher eu seria se não tivesse ficado toda a vida ao seu serviço. Decidi, nos poucos anos que me restam, descobrir quem sou realmente ou, no mínimo, quem poderia ter sido e não fui. Eu preciso.

Mayol quis lhe dizer que ela sempre havia exalado um aroma de desamparo e que desde o primeiro momento ele experimentou um impulso instintivo de protegê-la, mas preferiu calar, ser prudente. Em vez disso, respondeu:

– Você não fala sério, não é possível que esteja falando sério. Julia, já somos velhos, velhos demais. Sempre fomos felizes. Eu lhe dei tudo. Na verdade é impossível acreditar que você possa estar falando sério.

Bastou dizer isso para logo começar a acreditar. Em toda sua vida não tinha se deparado com algo tão inesperado e perturbador. Mayol sentia-se terrivelmente confuso. Decidiu ir até a sala e se entreteve com o baralho, jogando paciência. Achou melhor deixar passar um tempo para ver se mais tarde as coisas mudavam. Alguns minutos depois, voltou sigilosamente àquele pátio entre a cozinha e o jardim. Sua mulher já não descascava ervilhas. Estava sentada, com o olhar perdido.

– E então? Sente-se melhor? – perguntou Mayol.

– Quanto antes você entender que deve desaparecer da minha vida, tanto melhor para os dois.

– Você ficou louca ou tomou alguma droga, sei lá o que fez, mas tudo isto não é normal. Vou levá-la ao médico. Já chega de bobagens. Vejamos. Supondo que fale sério – fitou-a nos olhos e viu com horror que de fato ela falava sério –, gostaria de saber onde você pensa que devo ir morar. Olhe, Julia, não seja ridícula. E, além do mais, gostaria de saber como você pensa que irá se sustentar. Pelo amor de Deus, já temos mais de setenta anos... Olhe, se quiser, preparo um analgésico para você.

– Não me faça rir – disse ela, rindo de um jeito infinitamente sério. Era preciso reconhecer que, de uma maneira tão firme quanto enlouquecida, a menção ao dinheiro parecia tê-la enfurecido. – Meus filhos vão me ajudar, isso é claro como água. Até os negros sabem disso.

Até os negros sabem disso. Essa afirmação, fazia mais de cinqüenta anos, essa afirmação pronunciada com estranha graça e encanto, o levou, num bar de Viladrau, a pedi-la em casamento. Fazia mais de cinqüenta anos. Agora a frase parecia ter recobrado matizes muito diversos aos daquele dia inesquecível.

– Gostaria de saber o que é que sabem os negros – disse Mayol um tanto fora de si. – Essa é a independência que você quer conseguir? Talvez fosse mais conveniente me denunciar por maus-tratos, nos divorciarmos e eu pagar a você uma pensão vitalícia para que se dedique, sem problema, a tratar de saber quem é ou quem poderia ter sido. Você está maluca, Julia.

A resposta foi um olhar medonho, de verdadeiro ódio. Desvaneciam-se, a passo ligeiro, mais de cinqüenta anos de doçura e submissão.

– Você pode dizer o que quiser – disse ela. – Não vai mudar minha decisão. Vamos voltar para Barcelona. Para mim é uma questão de vida ou morte. Meditei muito, mas não sabia como dizer e nem se ousaria fazê-lo, mas agora já fiz e não vou voltar atrás. Você tem que fazer um esforço, sei que é difícil. Mas tente. Tente se colocar no meu lugar e compreender. Vamos voltar para Barcelona, vamos voltar para a casa em que você tantas vezes me deixou sozinha enquanto saía com sua amante ruiva. Essa é a casa de minha solidão. A partir de hoje o será para sempre. Não quero vê-lo mais dentro dela. Não sabe o quanto chegou a me incomodar, desde que começou a sentir-se velho, o fato de você passar mais tempo nela, nesta casa que na verdade é só minha. Minha. Entende? Eu a fui moldando à minha medida, à medida de minha solidão. Você dentro dela é só um estorvo.

Ficava claro que a mulher, embora um pouco trêmula, vencera todo o medo e se fortalecia cada vez mais. Mayol não saía do estupor ao mesmo tempo em que não parava de recomendar a si mesmo paciência e prudência.

– Nunca tive uma amante – disse Mayol com voz quase sussurrada, tentando reprimir a fúria que se apoderara dele. – Tudo isto é cada vez mais grotesco. Reconheço que nunca fui muito caseiro, mas não creio que isso seja um crime. Além do mais, você esquece um pequeno detalhe. Talvez já não se lembre, mas eu tive que sair de casa, entre outras coisas, para ganhar a vida. Ou não, querida? Trabalhei como um imbecil para você e para as crianças, isso é tudo. Sim, claro. Reconheço que passei muito tempo com os amigos. Mas é que em casa eu me aborrecia, o que posso dizer? Agora, por favor, Julia, nunca tive uma amante. Nunca a enganei e você sabe muito bem.

– Você se aborrecia porque sempre foi incapaz de ficar tranqüilo lendo um bom livro ou assistindo a um bom filme na televisão ou simplesmente achando boas razões para me fazer companhia. Sempre tinha que sair. Sair! Sair! Quando ficou velho, voltou para eu cuidar de você...

– Que eu saiba, nunca fui embora de casa. Você não faz senão dizer barbaridades.

– Para eu cuidar de você. Mas já não quero continuar me sacrificando como uma escrava. Sei que tudo isto é muito duro para você; para mim também é. Mas a realidade se impõe: preciso urgentemente me livrar de você.

– Acho que você leu livros demais sobre separações. Sempre a adverti. Eu posso não ler, mas você lê demais. Basta ouvi-la falar para saber. É ridículo. Acho que não vou mais me preocupar, estou farto de toda esta tolice. "Quero ficar sozinha, não sei quem sou". Por favor, o que é isso?

– Chamarei um táxi, vou para Barcelona. Vamos ver se assim você reage e começa a entender que estou falando muito sério.

– Que horror! – murmurou Mayol, já preocupado com a confirmação de que tudo isso não era mesmo uma piada de mau gosto. A expressão da mulher, sua frágil firmeza, não o enganavam. Ela tinha se cansado dele e, afinal, pensou Mayol, não tinha por que estranhar tanto: o cansaço conjugal se abate repentinamente sobre pessoas de todas as idades.

Esse pensamento angustiou Mayol ainda mais. Ela, como se tivesse percebido a angústia que começava a dominá-lo, procurou dar-lhe um golpe de misericórdia:

–Vou dizer mais, Federico. Falar com você tem sido sempre uma experiência maçante. Desde o primeiro momento, praticamente desde o dia em que o conheci, tive a sensação de que tentava me fazer entender por um velho senil. Agora que de fato você é esse tipo de velho, a sensação ficou insuportável.

Sem dúvida era uma provocação completa, uma tentativa de que tudo estourasse violentamente e a separação fosse mais fácil. Mayol se conteve, tentando infamemente a reconciliação:

– É verdade. Estou velho. Você, ao contrário, não.

– Também estou velha. Precisamente por isso é que prefiro ficar sozinha e tentar descobrir quem sou sem você, sem sua maldita velhice que passa o dia inteiro grudada em mim.

– Que horror – tornou a murmurar Mayol, vendo que aquilo não tinha jeito de se resolver. Uma angústia fria cruzara sua vida. Porém Mayol tinha um senso de humor muito desenvolvido. Até nas situações mais trágicas escapava-lhe uma risada. Nos instantes em que se abriam diante dele abismos de tristeza, tinha visões cômicas. Assim, não parecerá estranho dizer que, mesmo desesperado ao ver a determinação da mulher, Mayol se deixou dominar por uma breve risada. Olhando para a horta, brincou:

– Tudo isto é por causa das alfaces e das berinjelas, tenho certeza.

Mayol disse isso e logo começou a alimentar a desesperada esperança de que a estranha atitude de sua mulher fosse simplesmente passageira.

Mas, uma semana depois, refugiado num bar da praça Letamendi, ouvindo o rumor obsessivo da chuva e do vento, já perdera as esperanças de que a atitude de sua mulher fosse passageira. Ao longo de toda aquela semana tão trágica para Mayol, ao longo dos dias seguintes à desconcertante e dolorosa cena, ela havia confirmado tudo, mostrando-se inflexível, muito encantada diante da possibilidade de mudar sua vida, e se dedicara a dinamitar a fundo a placidez da convivência conjugal.

Mayol moveu mundos e fundos, falou com cada um dos filhos, procurou desesperadamente auxílio, pediu-lhes ajuda para que sua velha mãe entrasse novamente no mundo da lucidez. Primeiro visitou a filha Maria – casada com um homem velho, um importante banqueiro que ela enganava com um jovem operador da bolsa: uma história que deixava Mayol muito preocupado –, e a doce e adúltera Maria se compadeceu muito do pai, mas acabou enxugando as lágrimas e dizendo, muito a contragosto, que nada podia fazer, porque já tinha falado com a mãe e esta se mostrara inflexível. Depois Mayol tentou a sorte com o filho mais velho, brilhante sucessor na presidência da Seguros Mayol, o poderoso negócio familiar; mas também o filho modelo, esse filho de quem sentia tanto orgulho, não podia fazer muito por ele. Em seu desespero, mas também movido pela curiosidade de ver o que sucederia, Mayol chegou até a procurar a improvável ajuda de Julián, o único artista da família, o filho mais novo e impertinente que, ao recebê-lo em seu estúdio de pintor medianamente badalado, queixou-se com maus modos por ele ter chegado no momento menos oportuno, justo quando sua alma, em busca de inspiração (disse-o com ar meloso, levando as mãos ao peito), elevava-se a regiões inacessíveis. Mayol perdoou-lhe a frase, já que tinha escutado dele outras muito mais lamentáveis; afinal, não passava de uma afetação ridícula da qual sua mulher, Julia, era a principal culpada, por ter introduzido no filho a obsessão doentia pela arte. Mayol perdoou-lhe a frase porque lembrava de outras muito piores, como as que alguns dias antes, em plena celebração das bodas de ouro, sob os efeitos do álcool, lhe haviam sido lançadas:

– Olhe, pai. Você e eu somos iguaizinhos. Senso de humor, inteligência, imaginação. Como diz um amigo meu, só nos diferenciamos na cultura. Eu tenho e você não tem muita.

Mayol não pudera cursar a universidade por causa da guerra. Depois, a necessidade imediata de ganhar a vida, os negócios, o afastaram da cultura. Não sentia que tivesse de se desculpar por isso, e muito menos ao filho.

– Está me dizendo que não tenho cultura mas que possuo inteligência natural. Não é isso? – disse Mayol.

– Não. Bom, não é isso exatamente. Escute, não precisa se ofender...

– Você me faz pensar em algo que um amigo sempre repete, um amigo meu do clube. Ele sempre diz uma frase bem boa, a propósito daqueles que, como você, acreditam que são inteligentes.

– Vamos ver essa frase.

– "Vamos ver essa frase"! Quem não te conhece diria que você vai me examinar, senhor catedrático.

– Não é minha intenção, pai.

– Pois, olhe, a frase é esta: "Nos exames, os burros perguntam coisas que os inteligentes não sabem responder".

– Não entendo.

– Talvez porque você não saiba o que responder ao burro de seu pai.

– Não entendo. – Mayol observou por alguns segundos a cara de desconcerto do filho. – Vamos, pai. Você ficou chateado? O que eu disse não era para ferir seu orgulho, acredite. Só constatava de um fato diferencial, com palavras simples e objetivas.

– Subjetivas, gênio, subjetivas – limitou-se a comentar com o filho.

O gênio, dito nesse tom de zombaria, pareceu ofender o filho.

– Pensando bem, pai, para você, na verdade, o único fato diferencial é a Catalunha – disse em clara alusão à sua militância nacionalista.

– E o senhor gênio vê algum mau nisso?

– Sabe o que eu acho? – o filho perdia rapidamente as estribeiras. – Que, por mais que lhe doa, eu tenho certa genialidade. Você é simplesmente um bobo.

É compreensível então que, tendo sido agredido dias antes, na celebração das bodas de ouro, com frases desse calibre, Mayol não concedesse excessiva importância à acusação melíflua de que acabava de interromper a sublime inspiração de um artista. Mas doeram, sim, e muito, as palavras que seguiram a acusação:

– Olhe, pai. A meu ver, mamãe fez bem em se revelar. Já é velha demais para isso, mas antes tarde do que nunca. Você foi sempre um tirano com ela. Tenho certeza de que ela voltará atrás, mas tem que deixá-la respirar seu próprio ar por um tempo. Essa é minha opinião. Para seu consolo, lhe dou de presente uma frase de Tolstói: “O casamento é uma doença mortal”.

– Esse Tolstói era um imbecil – disse Mayol, e abandonou o ateliê do pintor medianamente badalado, batendo a porta com força.

Dois dias depois daquela batida forte, ao terminar sua trágica semana, refugiado do temporal de maio num bar da praça Letamendi, Mayol sentia-se profundamente perdido e abatido, mas decidira enfrentar a realidade e procurar uma fresta por onde escapar da difícil situação em que estava preso. Nunca imaginara que numa idade tão adiantada precisaria começar de novo. Em muitas ocasiões havia manifestado à família seu desejo de arruinar-se por completo, para assim voltar a se divertir, começar de novo e mostrar a todo mundo – sobretudo aos parentes invejosos – que não fora um acidente sua capacidade de levantar um notável império econômico a partir da pobreza absoluta. Mas esse desejo de começar de novo do zero havia se manifestado quando ele tinha cinqüenta, sessenta anos. Passados os sessenta, desvanecera qualquer desejo de recomeçar. Além do mais, o pior da história era que não se abria diante dele um futuro atraente, tratando-se, isto sim, de nada menos que reestruturar sua vida, e para tanto não se considerava especialmente apto. Nunca chegara a imaginar que numa idade tão avançada se veria obrigado a recomeçar a viver. Apesar de se encontrar bem de saúde, afora a artrite matinal, a ciática e alguns pequenos problemas de próstata, não sentia forças suficientes para uma empresa tão árdua como a de ter que reaprender a viver. E isso apesar de sentir-se bastante jovem. Sim, estava bem. Mas não o bastante para começar do zero nesse capítulo tão delicado da natureza humana: o mundo de nossos sentimentos.

Refugiado num bar da praça Letamendi, aguardando que passasse o inesperado temporal de chuva e vento, Mayol não parava de pensar naquilo que sua mulher tinha dito a respeito de não conhecer a si mesma e de querer procurar quem diabos era na verdade. Tudo bem, pensou Mayol, deve-se reconhecer que ela tem este direito, e que no fundo é justo propor uma coisa dessas. Só há um pequeno inconveniente: me deixar sozinho. Embora... Mas é triste pensar que para saber quem é, ela tenha de me deixar na rua. A mim, um santo.

Ficou pensando em si próprio.

Quem sou eu, perguntou-se de repente Mayol. E teve a impressão de que lá fora o dilúvio havia ganhado ainda maior intensidade.

Eu sou, disse Mayol, falando lentamente para si mesmo, um homem de idade avançada que parece um pouco mais jovem, como se tivesse um contrato especial com o passar do tempo. Meus olhos são de um azul intenso, nisso todo mundo está de acordo. Sou alguém que de vez em quando acusa um tique, como o focinho de um cachorro quando investiga um cheiro. Sou um homem alto e me atreveria a dizer que elegante. Sou alguém que sempre esteve convencido de que se parece muito com um ator falecido, meu admirado George Sanders. Sou alguém em quem nunca ninguém quis reconhecer essa semelhança. Sou alguém que está sentado num bar da praça Letamendi de Barcelona e que não pode sentir-se mais perdido. Sou alguém a quem hoje tudo o que vê incomoda e que tenta ver o menos possível. Sou alguém que está de mau humor. Alguém a quem as circunstâncias empurram para se transformar, o mais rápido possível, em outro. E também sou alguém que, quando tiver se transformado em outro, terá de agir como se isso não fosse nada demais, como se pertencesse à ordem natural do mundo. Sou alguém a quem acontecem às vezes coisas estranhas. Alguém que para ser outro deve apagar de seu pensamento sua mulher, apagá-la da memória, pensar que ela já não existe, apagá-la, apagá-la – aqui ficou visivelmente inquieto –, esquecê-la. Sou alguém sem guarda-chuva. Alguém que tem três filhos, dos quais só um o enche de orgulho, o primogênito. Alguém que pensa que sua filha não deveria ter se casado com um homem tão velho. Alguém que detesta seu filho mais moço, que é um pobre presunçoso. Sou um bom jogador de pôquer. Sou um patriota catalão. Sou um católico que não vai à missa. Sou um homem que, no fim da vida, sente sua boca cheia de lama e não sabe se deve engolir ou cuspir. Sou um homem alto a quem as crenças impedem que tenha um final suicida como o de seu admirado George Sanders, que deixou em Castelldefels aquela nota tão depreciativa em relação ao mundo. Sou um homem alto que às vezes pensa coisas esquisitas, como por exemplo que sua nuca bate no teto. Sou um homem pouco lido, mas que sabe pensar por si mesmo. Sou alguém que há cinqüenta anos sonha viver num hotel, onde nunca pagou a conta porque conhece uma escura rampa secreta junto ao elevador de cargas que não funciona. Alguém que agora procura um atalho estreito para escapar da situação em que se encontra preso e para não pagar nunca os gastos do triste hotel de sua vida. Alguém que, cada dia que passa, tem mais medo de observar como seu mundo apodrece lentamente. Sou um monte de trapos velhos, só que me chamo Federico. Mas, agora que penso, é estranho se chamar Federico.

De repente ficou literalmente angustiado, pois viu que sabia menos de si mesmo que há uns minutos, quando tinha se perguntado quem era. Invadido por um suor frio, percebeu que, junto com ele próprio, seu café tinha esfriado. Pediu mais um, e enquanto o fazia refletiu sobre a possibilidade de o garçom chegar a perceber que aquele cliente de idade avançada, aquele homem que reclamava sua atenção com aparente segurança no gesto, em realidade não era ninguém ou, melhor, era o Senhor Ninguém, também chamado Federico. Refletiu sobre isso e, quando viu o garçom ainda sem perceber que o chamava, recorreu a um suave grito, acompanhado de um gesto deliberadamente antiquado, chamando-o como setenta anos atrás tinha visto seu pai fazer num desaparecido e saudoso café wagneriano, vizinho do Teatro Coliseum: O Ouro do Reno. Ali seu pai havia tido uma roda e ali aprendera a chamar os garçons com os modos próprios de um "senhor de Barcelona", uma estirpe em extinção. O garçom se aproximou entre sonolento e confuso, e embora Mayol soubesse que era andaluz, nessa ocasião falou-lhe em catalão, com uma educação afetada, com gestos próprios da burguesia barcelonense do começo do século. O garçom, que parecia cada vez mais sonolento, escutou o pedido observando com certo estupor a extrema gestualidade antiquada de Mayol, e sobretudo o lenço branco que emergia do bolso superior de seu paletó.

Pouco depois, justo quando lhe traziam o novo café, era Mayol quem caía num estado de sonolência. Como se o temporal de chuva e de vento o tivesse hipnotizado, deixou-se dominar por uma imagem que não pertencia ao mundo de suas lembranças, era tão-somente um sonho recente e deformado: sua mulher calçava-lhe os chinelos em casa e de repente mudava violentamente de expressão e lhe dizia gritando que o medo de olhar para sua cara e de escutar o timbre de sua voz potente os separava.

Quando Mayol conseguiu afastar esse sonho deformado, o café tornara a esfriar, mas isso foi algo de que nem se deu conta, porque imediatamente voltou a refletir angustiado sobre o acontecido nos últimos dias. Uma injustiça total. Uma pessoa como ele, que dedicara a vida ao trabalho pela família, não merecia aquilo que estava lhe acontecendo. O máximo a se dizer dele é que havia tido uma amante ruiva. De fato, pensou Mayol, não entendo como Julia soube disso.

Mas essa amante ruiva morrera fazia muitos anos, quase tantos quanto os que se passaram desde que George Sanders se suicidou. Essa amante ruiva era para Mayol um passatempo, em todos os sentidos, lembrava dela como uma autêntica chata, uma ninfomaníaca que vomitava palavras francesas cada vez que atingia o orgasmo. Ficou pensando longo tempo na ruiva absurda e defunta até que de repente, como se existisse íntima relação entre uma coisa e outra, a próstata passou a ser o centro de seus pensamentos. A repentina necessidade de ir ao toalete se apoderou dele. Urinou pensando no pai, sempre temera que seus problemas de próstata fossem maiores e que acabasse como o pai, que morreu de câncer. Urinou com o braço esquerdo apoiado nos azulejos horrivelmente azuis do lavabo, e pouco depois, repetindo um gesto involuntário porém muito constante em sua vida, olhou-se no espelho. Continuava a se parecer com George Sanders, por mais que nunca ninguém tivesse querido admiti-lo. Sempre se parecera com aquele ator de Hollywood, tinha certeza.

Quando voltou para sua mesa, continuou sem reparar que o segundo café também havia esfriado. De repente, seus pensamentos foram invadidos por essa sensação que, dizem, envolve a mente dos moribundos, e viu passar em décimos de segundo o filme de sua vida, um resumo aloucado, extremamente vertiginoso: seu nascimento na rua Bruch de Barcelona, seus dois avós – um contrabandista e o outro fazendeiro –, sua doce mãe morta em idade precoce, os anos da guerra que interromperam para sempre seus estudos, o drama da ruína do negócio têxtil de seu pai no pós-guerra, o trabalho como modesto agente de seguros até abrir um caminho triunfal na vida com a fundação da Seguros Mayol, o fim do franquismo, seu ingresso no partido nacionalista catalão, seu cargo político, sua renúncia a esse cargo, sua aposentadoria de tudo – negócios e cadeira no Parlamento catalão –, sua mulher deixando de calçar seus chinelos no sonho, seu estúpido filho menor desmaiando quando via um peixe morto e se justificando depois, dizendo que isso acontecia porque, numa vida anterior, ele fora um habitante de Atlântida, a morte rindo de uma maneira tão infinitamente séria como Julia.

Viu passar o filme de sua vida numa velocidade extraordinária, sua vida dedicada à família e à sua pátria catalã, e voltou a pensar que era uma completa injustiça o que tinha acontecido a uma pessoa como ele, um senhor de coração íntegro e alma livre. E agora gostaria de saber para onde posso ir e o que me resta fazer na vida, pensou Mayol. Lá fora, a força quase ciclônica da chuva e do vento tinha começado a arrefecer. Pensando em lugares para onde poderia viajar à espera de que as coisas melhorassem, Mayol imaginou terras muito remotas, temperaturas elevadas, países muito exóticos. Mas também pensou em lugares menos distantes, em cidades próximas e já visitadas por ele. No dia anterior, na roda do clube, seu amigo Terrades lhe dissera algo que produziu nele um enorme efeito, lhe dissera que, enquanto não inventasse de visitar cidades onde nunca tivesse estado antes, continuaria vivo. Terrades costumava dizer coisas desse tipo simplesmente para deslumbrar os comensais com sua reconhecida facilidade para frases estranhas e engenhosas, mas por vezes não havia nada de gratuito em seus presságios, era o rei das intuições, das intuições que mais tarde se cumpriam.

Mayol esteve um bom tempo passando em revista as cidades que visitara ao longo da vida. Anotou algumas num guardanapo de papel: Paris, Lisboa, Porto, Roma, Sevilha, Madri – riscou-a, odiava essa cidade –, Córdoba, Granada, Málaga. Não achou muitas mais porque Mayol era um barcelonês profissional, sempre havia sido uma proeza fazê-lo concordar em sair de sua cidade. Assim, voltou ao novo grande problema, perguntou-se por que temos, com tanta facilidade, o detestável hábito de ser infelizes. Sua imaginação o fez ver a si próprio como uma estátua que acordava no quarto de um mundo em que tudo havia morrido. Viu entrar no bar uma anciã de luto fechado, uma velha dama digna, tão firme e severa que Mayol não pôde reprimir um sentimento cômico diante daquela aparição. Imaginou a velha dando-se conta de seu riso secreto e, caminhando com determinação surpreendente para sua idade, indo diretamente até ele. A anciã enlutada, em cujo rosto cheio de rugas o suor diluíra uma espessa capa de pó, colocava então seus braços na cintura e dizia:

– Quer dizer que temos festa.

Mayol deixou para trás, num estalo, toda a sonolência, enquanto pensava que talvez aquela mulher tão firme e enrugada fosse simplesmente a Morte. Lançou-lhe um novo olhar e observou-a consultar as horas num pequeno relógio que levava à antiga, num colar. Aterrorizou-se. Veio-lhe à memória uma frase do amigo Terrades, uma frase que sempre o intrigara: "A morte se esconde nos relógios". Mayol pensou que não convinha instigar a má sorte. Foi até o balcão e pagou os dois cafés frios. Saiu para a rua. Demorou longos minutos até achar um novo refúgio. Ao entrar nele – um pequeno bar da rua Balmes –, envergonhou-se de imediato por não trazer um guarda-chuva. Todos os fregueses tinham ficado olhando o súbito espetáculo na porta de entrada: um senhor alto, de idade respeitável, quase pingando água das orelhas, calado até os ossos.

Orient-Express

Convém, convém, convém uma viagem. A frase martelava na mente de Mayol, ainda meio ensopado, após instalar-se à mesa do bar da rua Balmes, escutando sem parar que lhe convinha, lhe convinha, lhe convinha uma viagem. Lá fora, a tormenta parecia estar diminuindo de intensidade, mas na verdade só parecia. De vez em quando aumentava com força, e pouco depois, como se quisesse se divertir, perdia o ímpeto. Convém, convém, convém uma viagem. Mayol escutava isso e, à beira da loucura, suspeitava que a tormenta, aliada a essa ordem para viajar, tentava convertê-lo num boneco à mercê de toda a sorte de intempéries.

Convém, convém, convém uma viagem. Era a frase que mais vezes Mayol tivera de escutar no dia anterior, nessa roda do clube que fora diferente das habituais, pois na ocasião tinha-se falado apenas de temas que pareciam indefectíveis – futebol, doenças, política catalã –, além de se comentar o drama vivido por Mayol. A culpa de que só se falasse disso era dele próprio, pois num momento de debilidade, acossado por algumas perguntas a propósito de suas olheiras e de sua cara de desespero, acabara contando o que lhe acontecia, as palavras da mulher e seu sentimento de profundo desconcerto diante do que, a partir de então, a vida poderia lhe apresentar.

Os convivas esforçaram-se por desanuviar o amigo, mas na verdade não fizeram mais do que acrescentar um sentimento ainda mais trágico à consciência que Mayol tinha de ter desembarcado na praia terminal de sua vida.

Convém, convém, convém uma viagem. Foi a frase mais repetida durante a roda, mas também houve outras, e em geral todas procuravam, com mais boa vontade do que talento, ser originais e ter maior consistência que a do companheiro que as havia precedido.

– Você só conhece de verdade uma mulher quando a tem contra si – tinha lhe dito, por exemplo, Palou, sempre tão afeito às sentenças.

Os conselhos do amigo Ferrer pareceram a Mayol extremamente rebuscados:

– Desapareça completamente, crie um mistério sobre seu paradeiro. Banque o misterioso. Viaje para um lugar bem estranho, se possível com um nome exótico e desconhecido. A ilha de Beranda, por exemplo. De lá, mande um postal dizendo que está feliz. Ao término de um par de meses, volte e você vai ver a alegria de sua mulher quando o vir.

– Você tem certeza? Ela vai me mandar plantar batatas outra vez, do mesmo jeito.

A roda daquele clube era, em realidade, triste e de baixo nível. Seus integrantes – talvez com exceção de Terrades, por quem sentia certo afeto e admiração – pareciam a Mayol um bando de velhos medíocres e de pouca coragem diante do mundo. Mas suportava-os, pois na verdade não tinha lugar melhor para gastar as tardes, isso desde que, após sua renúncia aos negócios e à política, deixara de assistir a conselhos de administração e a reuniões do partido. Por outro lado, seus melhores amigos tinham morrido, e com eles desaparecera uma esplêndida roda cuja sede era no Círculo de La Rambla, uma roda diária, na época da proibição ao jogo, que servia de preâmbulo para partidas de pôquer clandestinas, ou melhor, consentidas, pois delas participavam – protegendo-as ao mesmo tempo – mais de um comissário de polícia, todos mortos.

Aquela sim era uma roda de verdade, e não a daquele clube medíocre, onde no dia anterior tivera de suportar um amontoado de frases bestas e pouco estimulantes, frases como a do insuportável Santacana – dono de uma funerária e homem obcecado por livros de história – , que dirigira a Mayol palavras que a ele pareceram absolutamente despropositadas:

– Desconcerte sua mulher afastando os sentimentos da realidade habitual.

– Como sempre, amigo Santacana, me vejo na obrigação de lhe perguntar o que você quis dizer com essa frase presunçosa.

– Não devia se zangar comigo, só estou tentando sugerir que você aja de forma inteligente, desconcertando. Que aja como aquela rainha escocesa, agora não lembro o nome, aquela rainha que na véspera de ser executada e sabendo que seu corpo seria despido...

– Olhe, escute. É melhor não continuar, Santacana. Não me interessa.

– Me deixe terminar. Te interessa, sim. Sabendo que iam despi-la para amortalhá-la, ela quis que lavassem seus pés. E sabe por quê? Porque os tinha machucado e aplicava ungüento neles.

Ungüento, pensou Mayol, quase embasbacado. Palavra desprezível, pensou, que palavra mais estranha, meu Deus. Foi o invejoso e corrosivo Antoñanzas, que o odiava, quem o tirou de seu estupor; jamais conseguira suportar as leves ostentações que Mayol fazia quando se falava em dinheiro. Na menor oportunidade, mesmo que não se falasse em dinheiro, aproveitava para se vingar sibilinamente. Disse:

– Você deixaria de se preocupar tanto se pensasse naquilo que no fundo já sabe. Que ela não é nada além de uma mulher sem importância. No sentido – tentou suavizar suas palavras – de Oscar Wilde, é claro. Pense nisso e verá que logo essa bobagem vai passar.

Mayol ia responder com quatro pedras na mão quando, muito oportunamente, Terrades acrescentou a frase que tanto efeito produziria nele:

– Acredito que, enquanto não visitar cidades que não conhece, você continuará vivo.

– E onde há vida há esperança – acrescentou Palou.

– Acredite. Convém que faça uma viagem – comentou Santacana.

– À ilha de Beranda – disse Ferrer.

– Não. A um lugar que você já conheça – disse Terrades.

– De novo a viagem – queixou-se Mayol. – Parece que não sabem me dizer outra coisa. Está bom, já escutei o suficiente e não quero ouvir mais nada. Só vou dizer algo para acabar com esse assunto do qual não deveríamos ter falado nunca, e depois passamos ao futebol ou ao que quiserem. Estou fodido, mas saberei superar meu problema sem ajuda de ninguém. Um pouco antes eu tentei e vocês estragaram. A verdade é que há apenas uma hora, quando não havia ninguém ainda nesta sala, tentei ficar aqui sentado olhando o entardecer, confiando que nenhum de vocês entraria e acenderia as luzes. Tentei imaginar que, se ficasse muito quieto, talvez pudesse desaparecer de onde estava, sumir completamente.

– Você deve estar muito mal para falar dessa maneira, deve estar muito mal – disse Terrades. – Gostaria de poder ajudar, mas não vejo de que forma. Incomoda-lhe que recomendemos uma viagem, mas acredito que seria a melhor solução. Ir para uma cidade que já conheça, nada de riscos. Um lugar que considere familiar, deixar passar uns dias. O tempo costuma ajeitar tudo.

– Não quero mais falar de mim, já chega.

Em seguida, Mayol tentou desviar a conversa, introduzindo um tema futebolístico e falando de um pênalti não marcado no domingo anterior, um escândalo nacional.

– Você deve estar muito mal – insistiu Terrades.

– Esqueçam meu problema, por favor – suplicou Mayol, que sempre fora orgulhoso e não gostava nada de inspirar compaixão nos seus companheiros de roda.

– E o pior é que, como disse Terrades, pouco podemos fazer por você – comentou Santacana.

– É verdade, é a pura verdade. Depende de você sair dessa situação – acrescentou Antoñanzas.

– Ninguém pode fazer nada por ninguém – sentenciou Palou.

– Por ninguém – repetiu Ferrer. – Claro que, se você decidir fazer uma viagem...

– Você deve estar muito mal – concluiu Terrades.

Continuo a estar muito mal, pensou Mayol, olhando ao seu redor, dando uma olhada geral no Orient-Express, o bar da rua

Balmes em que se encontrava. Lá fora o temporal de chuva e vento continuava. O bar era um espaço deprimente, uma apertada passagem tentando dissimular sua condição de horrendo e estreito corredor, lembrando capengamente o luxo de um rançoso vagão-restaurante do mítico trem de antigamente, aquele romanesco *Orient-Express* em que seu pai sempre sonhara viajar.

Um garçom relativamente jovem se aproximou, com ar sombrio. Um porto, disse Mayol enquanto observava detalhadamente o pessoal concentrado no bar: fregueses de rostos inchados, apopléticos, focinhos de buldogue, bochechas arroxeadas, estúpidos olhos injetados de sangue e enormes costeletas estilo orangotango. Um panorama nada alentador, uma paisagem e uns tipos de fazer qualquer um sair correndo.

– Não sei se tem porto – disse o garçom de ar sombrio.

– Pois faça-me o favor de ver – respondeu muito educadamente Mayol, que tinha a impressão de estar falando com um discípulo direto do conde Drácula, a quem era conveniente não tirar do sério. – Tenha a gentileza, a bondade, de perguntar se tem porto.

Demoraram uma eternidade para procurar, mas a espera acabou valendo a pena. Tinham porto. Para Mayol, após tantos contratempos nos últimos dias, foi uma notícia muito reconfortante. Enquanto lhe serviam o vinho, ouviu-se o poderoso ribombar de um trovão, seguido de um espirro e da sonora blasfêmia de um freguês. Mayol fingiu não ter escutado nada e ficou a contemplar pensativamente a cor de mogno do porto, uma cor parecida com a do vinho – por recomendação médica não podia tomar outra bebida alcoólica que não fosse vinho, e em pequenas doses – que lhe oferecera o filho mais velho, Ramón, a última vez que se viram.

– Meu querido Ramón – dissera ele naquele dia, quando conseguiu conduzir a conversa a um tom solene –, você deve saber que sua mãe me decepcionou profundamente. De fato, é a última coisa que eu esperava dela. Tem sido tudo tão absurdo e terrível... Me fez sentir enganado, como se tivesse me roubado a vida inteira. Imagino que você vai dizer que não, mas quem sabe possa falar com ela e...

– Parece uma decisão irreversível, penso que deve ser respeitada... Já falei com a mamãe, mas ela se mantém firme. Eu acho uma loucura. Mas pouco posso fazer, para não dizer nada. Não acha?

– Gostaria que você soubesse – respondeu Mayol em tom solene, como se estivesse pronunciando suas últimas palavras neste mundo – que um dia vai ter minha idade e se sentirá, como me sinto hoje, às portas da morte, e irá pensar no fim próximo de sua vida e se lembrará então de seu pai, que estará morto há tempos, lembrará que hoje eu o visitei na sua casa e lhe disse que, na minha idade, a morte e sua proximidade ocupam o centro de todos os pensamentos.

– Lembrarei, se é isso que você quer. Lembrarei, se é que sobreviverei a você. Mas reconheça que está se tornando lúgubre demais...

– Não faço senão falar daquilo que todo mundo tenta esquecer. Quando eu faltar, você irá se lembrar do que acabo de lhe dizer. Olhe, as pessoas vivem como se a morte não existisse.

– Mas a gente não pode passar o dia todo pensando nela.

– Você vai ficar velho, espere só. E, como acontece agora comigo, pensará na morte, porque ela estará pisando nos seus calcanhares, roçando sua desgraçada nuca com um bafo nojento.

Mayol percebeu que tinha gostado de pronunciar essa última frase, e sentiu-se de repente, graças à fala sobre a morte, cada vez melhor. Foi como se descobrisse que a fala era a melhor maneira de transformar o sofrimento mental em prazer. Mais ainda: imaginou seu filho pedindo que prosseguisse, que continuasse falando e se libertasse de sensações, idéias e fantasmas há dias em sua mente.

– Você vai ficar velho – insistiu Mayol – e lembrará o dia de hoje, o dia em que eu lhe disse que, apesar de tudo, a vida me pareceu sempre aceitável e agradável, até o último trecho, onde agora me encontro. Por isso nunca hesitei, por exemplo, em ter filhos. Sempre me pareceu fantástico eles poderem também desfrutar a vida como eu fazia e sempre fiz, e ainda faço agora.

Mayol fingia. Na verdade, fazia alguns dias, só almejava sumir desta vida o mais cedo possível. Desde a questão com a mulher, desde o momento em que não teve para onde ir, não lhe restou vontade de continuar. Falar naquele tom tão vital quanto mentiroso com o filho, porém – possivelmente porque somos todos muito contraditórios –, lhe causava estranho prazer. De maneira que decidiu prosseguir com seu discurso solene de palavras positivas.

– Você vai ficar velho, e um dia se lembrará de mim e lembrará que eu disse que, quanto mais perto da morte ia ficando, mais eu sentia a necessidade de transformar minha existência em algo mais profundo e mais pleno.

Mentir talvez produza certo prazer, pensou Mayol. Olhando para seu filho, que parecia aguardar novas palavras solenes, Mayol achou que talvez falando dessa morte que espera por todos nós, mentindo a propósito de seus verdadeiros sentimentos sobre ela, poderia encontrar secretamente escondida, misteriosamente oculta, a possibilidade de adiar o desejo insistente e talvez provisório de ser logo visitado pela maldita morte.

De repente, sentiu-se bem agindo daquela maneira. Nunca ficara tão à vontade com o filho favorito, o continuador do negócio familiar. Sorriu para ele, passou da pompa ao relaxamento que carrega sempre uma nota de humor um pouco estúpida.

– Veja como são as coisas. Pensar que temos uma companhia de seguros e nem você nem eu estamos seguros de nada...

No fundo, pensou Mayol, me faz bem ser tão contraditório, me divirto falando e pondo num segundo plano meus desejos de ir embora deste mundo. Além do mais, meu filho gosta de me ouvir falar, eu percebo, e talvez tenha chegado a hora de lhe contar não só minhas últimas idéias sobre a vida e sobre a morte, mas também meu testamento político. Que minhas palavras de hoje me salvem do esquecimento imediato quando chegar minha hora do adeus definitivo. Que eu possa continuar vivendo, por um tempo, na lembrança emocionada do meu filho, sobrevivendo assim para além da morte.

Tentou relacionar sua repentina nota de humor um pouco estúpida com um inflamado testamento político, com palavras de patriota catalão. Mas, quando começava seu discurso mental, ao tentar abrir a boca para emitir os sons nacionalistas – que, quando se exaltava, terminavam sendo separatistas –, uma espécie de estranho mecanismo fechou sua garganta.

Levantou-se bruscamente, olhou ao redor como se estivesse enjoado. Fez um gesto com o polegar em direção ao corredor, onde estava o banheiro principal da casa. A maldita próstata que acabou com meu pai, pensou.

Já no banheiro, lembrou de estalo, sem saber por quê – talvez porque a memória, sempre caprichosa, quando não enigmática, quis vir em seu auxílio e impedir que continuasse a pensar na próstata –, a grande pá de ferro com que recolhera os restos de uma menina morta num bombardeio: a primeira missão e a experiência dolorosa vivida como membro voluntário da Cruz Vermelha durante a guerra civil, a primeira e horrorosa missão que a difícil vida lhe tinha exigido.

Pensou então em sua vida. Não gostava dela, não podia gostar, parecia encaminhada para um péssimo final. Refletiu que talvez a autêntica vida de alguém fosse aquela que a pessoa não leva. Quando voltou à sala da casa de seu filho, sentia-se mais velho e acabado do que uns minutos antes, embora satisfeito por ter falado com Ramón da forma como tinha feito. Pensou que, na verdade, já não sabia se queria morrer o mais rápido possível ou tentar viver a vida que nunca vivera. Admitiu que sentia mais vontade de viver do que um minuto atrás. Mas bastou pensar nisso para a vontade de viver passar. Era um desalentado, não havia dúvida nenhuma. Olhou para o filho. Decidiu poupá-lo de seu testamento político. Ao escutar a sirene de uma ambulância, olhou para a janela. Quando seu olhar pousou novamente sobre o filho, viu nele um ar de grande preocupação.

– Não deve sentir-se mal pelo que está me acontecendo – disse. – Logo surgirão soluções, filho. Quero que saiba que não era meu desejo preocupá-lo. O que acontece é que na roda do clube passamos o dia inteiro falando de morte. Percebe-se que estamos todos velhos. Às vezes, penso que faria bem em me afastar da roda. É deprimente e, além do mais, não são amigos. Não são amigos como os que tinha e que morreram. Porque todos morreram, isso é terrível. Os amigos de agora, a não ser talvez pelo Terrades, não são amigos...

O filho, que permanecia com semblante preocupado, acendeu lentamente um cigarro mentolado e foi buscar um porto para o pai. Do outro lado da casa, escutava-se a animada conversa de Alejandra, a mulher de Ramón, com a empregada.

– Vamos falar de outra coisa – disse Mayol quando o filho voltou. – Vamos falar de você, Ramón. Já disse muitas vezes e não vou cansar de repetir. Sinto-me orgulhoso de você, de que tudo corra tão bem para você. Me deixa feliz pensar que você é feliz e que Alejandra é feliz com você... Que tudo corra tão bem é para mim motivo de satisfação. Como também é bom perceber que não fala tanta bobagem quanto seu irmão, que suporto cada dia menos, de quem tolero cada vez menos os delírios artísticos, as ridículas fantasias, as tolas pretensões. De sua mãe posso tolerar tudo, inclusive a perdôo por ter me deixado. Mas seu irmão, não posso suportá-lo nem um minuto.

Não parecia que Ramón tivesse escutado, parecia distraído.

– Não era minha intenção preocupá-lo – disse Mayol. – Acredite que não era exatamente o que procurava fazer aqui. Sinto muito, garoto.

– Não é isso, não é que eu esteja preocupado com você, estou mais preocupado comigo mesmo, eu é quem devo pedir desculpas. Estou infeliz, estou em crise.

– Crise? Não me faça rir...

– Nem sempre as coisas são como a gente pensa. Você diz, por exemplo, que adora me ver contente ao lado de Alejandra. Pois bem, é melhor saber que, desde que meus dois filhos saíram de casa, seus dois queridos netos, desde que eles casaram, não sei o que aconteceu, mas a verdade é que não me sinto bem ao lado de Alejandra, ela me aborrece. E, além do mais, de um tempo para cá, outras coisas me aborrecem. O trabalho, por exemplo. A companhia de seguros começou a me cansar, talvez por ter passado muitos anos lá dentro, fazendo todo dia a mesma coisa, não há quem agüente. Gostaria de pensar que estou falando só de uma crise passageira, a crise dos cinqüenta. Mas na verdade acho que é algo além de uma crise, é um profundo abatimento.

Mayol bebeu o porto de um só gole.

– Não posso acreditar em você, Ramón, me diga que está fazendo drama.

– Acontecem coisas estranhas comigo. Comecei, por exemplo, a ter inveja dos trabalhos de meus amigos. Pode pensar o que quiser, que estou sendo presa de um sentimento infantil. Mas o fato é que minha amiga Luisa Rico foi nomeada diretora de produtividade e qualidade da Siemens. Em vez de ficar contente por ela, fiquei com pena de mim. Fiquei pensando que ascendi na empresa porque você sempre me apoiou. Logo, saber que Luisa ascendeu por seus próprios méritos me deixou afundado em um sentimento da mais mesquinha inveja.

– Você me pegou inteiramente de surpresa. Está falando sério? Não parece o mesmo... Você sempre foi muito sensato e inteligente. Não acha que devia se perguntar quanta gente sem dúvida inveja sua posição, seu trabalho?

– É que não posso. Olhe, a semana passada nomearam Marcos Catalá vice-presidente de relações públicas da General Motors, e quando liguei para cumprimentá-lo, notei que o fazia com complexo de inferioridade, como se eu não fosse ninguém... Sim, já sei. Você acha tudo ridículo, pensa que um homem como eu não deveria se deixar abater por crise tão estúpida, é claro que está pensando isso. Creio que é tudo culpa da idade. Sim, deve ser o peso dos anos. Cresci, deve ser isso. Mas, seja como for, o certo é que estou muito mal ultimamente... Na sua época eu fui, como você bem sabe, o mais bem empregado de todos os meus amigos da faculdade de Economia. Mas o tempo foi passando e agora me encontro sem estímulo, prisioneiro da monotonia.

– Monotonia? – perguntou Mayol, sem poder dissimular seu crescente fastio.

– Monotonia, sim. Ou aborrecimento. Aborrecimento com o cargo que herdei de você. Sinto muito, mas é a pura verdade. Vejo-me num escritório que tem as dimensões de uma cela. Ao mesmo tempo que eles, meus amigos, não deixam de mostrar, dia após dia, seu valor tardio, porém real. Ganharam tudo com esforço, não como eu. Para piorar, Alejandra deixou de ser jovem e burra e agora é somente velha e burra. E me aborrece, me aborrece profundamente, me aborrece mais do que o escritório, a quadrúpede.

Era completamente inadmissível que Ramón ficasse envergonhado de dirigir a Seguros Mayol.

– Nossa companhia – disse Mayol, muito nervoso, iniciando seu discurso como se estivesse no parlamento catalão – é uma das mais importantes do país, e daqui a pouco, graças a mim, mas sobretudo a você, que soube lhe dar um grande impulso, irá competir com rivais que antes nos pareciam de outra esfera. Parece mentira ouvi-lo falar dessa maneira, tem que ser muito idiota para fazê-lo. Queria saber que tipo de trabalho você gostaria de ter. Por acaso gostaria de ser nomeado subdiretor da divisão de auditoria de qualquer escritório de quinta categoria? Me diga, responda, é isso que você gostaria?

Mayol pensou que já não podia voltar a ser como antes. Se a mulher tinha ferido mortalmente cinqüenta anos de vida conjugal, Ramón acabava de fazer o mesmo com sua vida profissional, com todos aqueles anos que ele, Federico Mayol, havia dedicado a levantar um império econômico pelo qual, de repente, como acontecia com seu casamento, parecia ter de pedir desculpas e perdão. Todos pareciam propensos a querer fazê-lo ver que sua vida, tanto no aspecto sentimental quanto no profissional, tinha sido um completo erro, de cima a baixo.

O inimigo está na minha casa, pensou Mayol, dirigindo-se até a janela da sala em busca de ar puro. Abriu-a violentamente, com gesto enérgico, quase que num ato de protesto silencioso contra o filho, que com um par de frases afundara toda sua vida dedicada com sucesso ao trabalho. Era um desses dias nos quais a beleza tímida de Barcelona parece se revelar, um desses dias nos quais o vento varre as ruas, crepitando como uma vela tensa, e então a cidade adquire uma extrema nitidez, de perfis muito marcados, como numa fotografia muito contrastada.

Mayol ficou uns segundos apoiado na janela, pensativo, com uma fisionomia quase desesperada. Não era para menos, em poucos minutos a parte de seu mundo que ainda se sustentava de pé havia afundado. Então disse:

– Embora você tenha acabado de questionar todos os anos de minha vida dedicados ao trabalho...

– Eu não fiz isso, por favor. Só disse que me aborreço no escritório, que me aborreço em casa, que tudo me aborrece...

– Apesar de tudo, não vou mudar de opinião sobre você, só me faltava essa... Continuo orgulhoso de meu filho mais velho. Amo meus três filhos, gosto até daquele pedante de seu irmão, que desmaia diante de um peixe morto, gosto até do seu irmão, veja você, gosto inclusive daquele imbecil que alega ter tido uma vida anterior na Atlântida. Mas por você sempre tive um fraco que agora não pretendo mudar.

– Estou passando por um mau momento, isso é tudo, não se preocupe. Mas é que já nem consigo tomar o café-da-manhã no caminho do escritório. No outro dia, no café aqui de baixo, enquanto olhava para a rua, ocorreu-me que não podia contar nada a ninguém. Ao meu lado ouvi uma pessoa dizendo a outra que, se pudesse decidir... E pensei: Se eu pudesse decidir, apagaria tudo. Estou mal, mas suponho que tudo vai melhorar. O pior foi o que me aconteceu ao ver meu rosto no espelho retrovisor de um táxi. Primeiro me recusei a reconhecê-lo, de tão desfigurado me pareceu. Sem procurar comparações, imediatamente me ocorreram vários animais... Estou mal, o que é que se pode fazer... No outro dia, quando me olhei no espelho pela manhã, pensei que tendo um rosto como esse eu deveria ficar quieto sempre. Pensei que nem sequer tinha o direito de falar sozinho...

Meu filho está infeliz, pensou Mayol. Ouviu-se o estrondo de uma motocicleta, com certeza ultrapassando um automóvel. A pena que sentira do filho foi espantosamente breve. Na verdade, era impossível esquecer que ele o humilhara, colocando em questão, apesar de negá-lo, a Seguros Mayol. Ramón o havia humilhado, sem dúvida vítima da febre causada por uma crise indigna de um filho seu. Fechou a janela – em outro gesto mínimo de protesto – e disse:

– Não posso fazer nada por você. Nem você por mim.

Como se não fosse suficiente o que já havia dito a seu pai, Ramón voltou à carga, continuou a falar de sua crise:

– Não pretendo que me entenda, mas quero que saiba, por exemplo, que há dias, como hoje, em que só penso em jogar tudo para o alto. Não acredito mais em Deus. Pensei muito e não acredito Nele. Sinto muito, sei que isso também vai incomodá-lo. Mas é que já não acredito em Deus. E, pior ainda, não desejo estar em lugar nenhum, não quero nada.

Mayol pensou que o filho não só não poderia fazer nada pelo pai, como também insistia em querer humilhá-lo, só faltava agora aquilo sobre Deus...

É melhor pararmos por aqui, pensou Mayol. Fiquei sem mulher, toda a minha vida dedicada a levar adiante uma família como Deus manda é um perfeito desastre, e agora tentam me fazer romper com Deus, que é quem governa. Só falta quererem me apagar totalmente como ser humano. Se me tirarem tudo, e parece que já tiraram, eu pergunto o que me resta.

– O que me resta? – perguntou para o filho.

– Como?

Mayol atingira o cume do estado de indignação, a partir daí só podia cair. Continuava sentindo-se orgulhoso do que o filho realizara pela empresa familiar, mas a crise pessoal tornou-o insuportável. Foi até onde se encontrava o empresário com nuvens negras na cabeça e disse-lhe, um tanto furioso:

– Digo que nada posso fazer por você. Desejo ao senhor diretor da Seguros Mayol uma boa crise. Adeus. E digo adeus porque existe Deus. Adeus.

Ninguém pode fazer nada por ninguém, concluiu Mayol, ao dar por terminada a lembrança da nefasta visita que fizera ao filho preferido. Ninguém pode fazer nada por ninguém, Mayol voltou a repetir para si mesmo, sentado na mesa do Orient-Express, enquanto observava com certo alívio e satisfação – talvez seja melhor dizer alegria, pois já estava no quarto cálice de porto – que o temporal de chuva e vento havia arrefecido consideravelmente e logo poderia sair tranqüilamente para a rua. De fato, apenas chovia agora. Os fregueses do bar não eram os mesmos de quando entrara. Podiam-se ver, inclusive, rostos relativamente agradáveis. E uma luz auspiciosa, que emergia das trevas da tormenta em retirada, vinha filtrada através da porta de cristal desse bar de quinta, dessa espécie de simulacro de vagão-restaurante de um mítico trem de luxo.

Convém, convém, convém uma viagem. Novamente a frase começou a martelar o cérebro de Mayol. De novo surgia aquela incômoda ordem. Convém, convém, convém uma viagem. Tentando fugir do martelar da ordem, Mayol pensou na necessidade que de repente surgiu em sua vida, uma necessidade urgente de ser outro. Indo tudo tão mal, uma solução razoável – além de ficar aguardando a chegada da morte, algo que já não o atraía especialmente – seria trocar de nome, viajar para uma cidade onde ninguém o conhecesse e ali inventar uma biografia segundo a qual nunca tivesse se casado nem fosse um velho homem de negócios: inventar, por exemplo, que a vida inteira fora um jogador profissional de pôquer, viajando pelo mundo; um daqueles raros e notáveis casos de jogadores que conseguem se aposentar tendo guardado uma grande fortuna.

Imaginou como se chamaria nessa vida nova, mas não achou um só nome convincente. Decidiu deixar de lado essa busca, deixá-la para um momento melhor. Questionou se, para ser outro, deveria também mudar de roupa e de aparência. Veio-lhe então à memória o caso de um amigo já morto, célebre pelas roupas desleixadas, a quem um dia surpreendera em sua casa natal de Viladrau – da qual fazia anos esse homem não saía –, mais malvestido do que nunca, com uma jaqueta vermelha de vagabundo. O amigo, nessa ocasião, justificou-se dizendo que já sabia que a jaqueta era um farrapo, mas que não se importava, pois no final das contas todo mundo sabia de sobra quem ele era em Viladrau. Algum tempo mais tarde, ao encontrá-lo à porta de um cinema de Barcelona e vê-lo usando a mesma jaqueta vermelha, seu amigo, após explicar que tivera uma imensa vontade de conferir se realmente Barcelona tinha mudado tanto, admitiu que estava inapresentável com a jaqueta, mas disse que, afinal, em Barcelona era um desconhecido, e portanto podia se dar ao luxo de se vestir como bem entendesse.

Após a recordação do amigo de Viladrau, Mayol decidiu, de modo contundente, que caso se transformasse em outro, mudasse de nome, fingisse ser um jogador de pôquer profissional aposentado e viajasse para um lugar onde ninguém o conhecesse, conservaria seu modo de vestir e até manteria o detalhe do lenço branco no bolso superior do paletó, talvez a maior característica de seu estilo de vestir.

Mas, tinha vontade de viajar? Será que de fato lhe convinha, lhe convinha, lhe convinha uma viagem? Se queria ser outro, mudar de identidade, não tinha outro remédio senão viajar. Para um lugar que fosse familiar, como havia sugerido o amigo Terrades? Que cidade? Decidiu pedir mais um porto e, depois de bebê-lo, abandonar o Orient-Express antes de ser confundido com um bêbado.

Pediu o cálice de porto e bebeu-o. Aguardou uns instantes, para o caso de junto com o vinho vir a inspiração, trazendo-lhe nome e sobrenome para sua futura nova personalidade. A inspiração não apareceu nem de longe. Dirigiu-se ao caixa, pagou os vinhos e saiu à rua, onde já nem sequer garoava. Pensou que, tendo sido um jogador de pôquer amador, habituado a compartilhar a mesa com ilustres profissionais – quase todos mortos, de morte natural ou suicidas –, não seria tão difícil tomar o lugar de um deles, adquirir uma angustiada, porém interessante, personalidade.

Mais complicado, sem dúvida, era ter que renunciar, naquela nova identidade, às suas convicções nacionalistas, pois Mayol sabia que era difícil encontrar um jogador com esse tipo de convicção.

Esse problema, que se mostrava complicado, resolveu-se com mais rapidez do que esperava, quando lembrou algo que Santacana havia contado na roda do clube, a propósito dos judeus espanhóis convertidos à força. Num bolso secreto, numa ampla dobra da manga esquerda da camisa, os conversos guardavam um pequeno livro com suas preces básicas anotadas, a essência de seu diálogo com Deus. Se para salvar suas vidas deviam se ajoelhar na igreja e murmurar orações católicas, sempre lhes restava o consolo de poder acariciar esse livro com a mão direita. Se para mudar de personalidade era preciso dissimular sua crença nacionalista, pensou Mayol, guardaria numa íntima dobra de seu cérebro as orações básicas de seu patriotismo.

Saiu à rua, onde nem sequer garoava mais. Saiu à rua e misturou-se às pessoas. Oriente! Acabara de escutá-lo ou acabara de ocorrer-lhe? Apertou os punhos e pensou que tanto fazia. Movido quase por um reflexo involuntário, orientou-se para o Oriente, parou um táxi e pediu ao chofer, após comentar o incômodo da tempestade de chuva e vento, que se dirigisse para o Oriente. O taxista perguntou se pensava que ele tinha bússola.

– Vá para o Poble Nou, é lá o Oriente.

Cruzaram lugares pelos quais parecia impossível se perder. Mas, quando deixaram os quarteirões quadriculados do centro, o táxi começou a avançar sigilosamente por uma desolação abagunçada de bairros que Mayol não conhecia bem. Talvez pela inquietude que a paisagem produzia nele ou porque não conseguira encontrar um novo nome para sua vida, Mayol achou que nesses locais tudo era mais estranho e lento do que em seu bairro. Então, voltou a se lembrar do amigo Terrades, que lhe recomendara viajar para lugares familiares.

– Para o cemitério do Leste – ordenou de repente ao taxista, e ficou lembrando os estranhos e lentos dias da infância, quando gostava tanto da calma, da sombra dos castanheiros, da brisa que mexia as cortinas e as venezianas da casa de verão de seus pais, aquela torre ou ilha afortunada – primeiro paraíso submerso em sua vida – à qual nunca poderia voltar.

– Para o cemitério do Leste – repetiu Mayol.

Arrependeu-se de ter cogitado ser outro. Era horrível, por exemplo, ter que dissimular seu nacionalismo. Estava muito bem sendo quem era. Um homem alto, de idade respeitável. Um velho elegante viajando para o cemitério do Leste. Deixou-se invadir por seu estranho senso de humor, e perguntou-se qual era, na verdade, a invenção mais fácil para o homem. Respondeu a si mesmo, com um riso infinitamente sério: O Paraíso.

Um susto de campo-santo

Julián, o filho mais novo e impertinente de Mayol, sonhava que, num automóvel fantástico, ia viajando por diversos países, navegando por mares e oceanos, voando quando era preciso. Era um carro que podia se transformar, segundo a vontade de quem o dirigia, num barco ou num avião. A frenética viagem, que Julián iniciara no oásis de um deserto, chegou ao destino final em certa melancólica cidade de uma ilha com nome enigmático: Porto Metafísico.

Justo ao desembarcar, Julián acordou de sua sesta e, como era de costume, resistiu a abrir os olhos. Julián muitas vezes passava a noite no ateliê, outras ficava ali para dormir a sesta, gostava de dormir e de sonhar rodeado por suas pinturas. Era solteiro e acostumou-se a viver praticamente no ateliê, porque tinha uma obsessão doentia por sua arte.

Naquele dia, quando acordou da sesta, Julián o fez com excelente bom humor. Disse a si mesmo: Ria, último móvel deste ateliê. E riu, era feliz, adorava ser o último móvel de seu ateliê. Só ficou chateado de não ter tido tempo suficiente para adentrar as misteriosas ruelas de Porto Metafísico. Mas, contudo, sentia-se satisfeito. Não poderia imaginar que seu pai naquele momento se dirigia ao cemitério do Leste, e que seu pai, dentro de breves instantes, estaria a quatro passos do ateliê da avenida Icaria, que apenas poucos dias atrás visitara sem nenhum sucesso em suas intenções, com insulto a Tolstói e batida de porta incluídos, como fecho de ouro de uma visita certamente inútil.

Julián não poderia imaginar como, dentro de poucos segundos, seu pai estaria perto do ateliê. Não poderia imaginá-lo, pois, caso contrário, não teria acordado tão feliz da vida, brincando de não abrir os olhos para assim retardar ao máximo o momento em que deveria voltar ao mundo real. Levantou-se da cama, mas continuou sem abrir os olhos, e foi até onde estava a velha bacia em que lavava o rosto. Não que faltasse lavabo no ateliê, não. É que Julián gostava da bacia ao acordar, assim podia imaginar que se encontrava em outra época, na Paris boêmia dos anos vinte. Com a cabeça na água da bacia, com movimentos deliberadamente antiquados, imaginava ser Toulouse-Lautrec.

Naquele dia, como era seu hábito enquanto lavava o rosto, continuou de olhos fechados para protegê-los da água. Costumava fazê-lo quase sempre. Apertava as pálpebras muito além do necessário, impedindo o contato da água. Nenhuma precaução parecia suficiente a seus olhos. Inclinado sobre a bacia, gostava de imaginar o que pintaria ao longo da tarde. Alguém poderia dizer que dormia a sesta só para acordar e, mantendo os olhos fechados durante uns bons minutos, refletir sobre o que pintaria logo depois: a continuação do quadro já começado ou as primeiras pinceladas de uma nova pintura...

Alheio à perigosa proximidade do pai, Julián sentia-se contente naquele dia. Como costumava fazer tantas vezes, dedicou-se a prolongar sua cegueira enquanto se vestia, ao mesmo tempo em que ponderava sobre o que iria pintar minutos depois, e começou a brincar de ter idéias originais. Já vestido, foi se olhar no espelho, mas continuou sem abrir os olhos enquanto imaginava que, sem perceber, tinha se vestido com o edredom.

Como sou original, pensou Julián. Mas, além de original, na verdade sua idéia não tinha sido mais do que uma fuga para a frente, uma vontade de não querer se ver como era na verdade: um homem de quarenta e dois anos que aparentava muito menos – como seu pai, parecia ter um acordo especial com o tempo –; um homem enxuto, cujo rosto revelava imaturidade, um ar de algo inconcluso, já que seu nariz e sua boca pareciam desenhados por um pintor indiferente.

Como sou original, continuou repetindo-se Julián várias vezes, enquanto avançava às cegas até o cavalete. Quando chegou diante dele, apalpou-o e decidiu finalmente abrir os olhos e contemplar a tela branca da pintura que aguardava para começar a existir. Felizes de estarem abertos, pensou Julián, meus olhos ganham agilidade. Pensou nisso enquanto contemplava a tela em branco e dizia a si mesmo que nela iria pintar nada menos que a surpreendente descoberta que a sesta tinha lhe proporcionado: Porto Metafísico. Seria o primeiro quadro de uma série dedicada a ilhas inventadas, ilhas paradisíacas que não existiam.

Julián passava o dia enganando a si mesmo com espantosa facilidade, o que explica que ficasse de muito bom humor ao convencer-se de que seus olhos tinham acumulado grandes energias nos minutos em que permaneceram fechados. Foi tanta a euforia nele desencadeada que começou a rir sozinho da excentricidade de submeter cotidianamente seus olhos a uma educação espartana.

Era seu segredo mais bem guardado, o grande segredo de sua arte sublime. Isso ele dizia a si mesmo, em vez de enfrentar a verdade, que não era outra senão que toda sua obra pictórica havia nascido diretamente de sua tendência dorminhoca à sesta diária.

Mas, não. Julián era incapaz de olhar a realidade cara a cara. A realidade, por exemplo, de que era um pobre pintor com uma venda nos olhos. Porque, por menos que percebesse, podia abrir os olhos o quanto quisesse, já que na verdade estavam fechados o dia inteiro, os teria fechados toda a vida, como se estivesse sempre se vestindo às cegas diante de um espelho.

Eufórico naquele dia, depois de decidir que pintaria Porto Metafísico, sentia-se tão feliz que começou a assobiar de repente uma *habanera*; sem dúvida não a teria assobiado se soubesse que nesse preciso instante seu pai terminava de saltar de um táxi às portas do cemitério do Leste, a quatro passos da avenida Icaria.

Mayol ficou firmemente plantado diante do campo-santo, totalmente imóvel enquanto lia as duas inscrições latinas que saudavam o visitante: *Fides* e *Spes*. Perfeito, pensou. Aquelas duas inscrições lhe pareceram ideais para levantar seu maltratado ânimo, já que eram justo o que precisava para continuar vivendo: fé e esperança eram os dois sentimentos que poderiam ajudá-lo a seguir aceitando tudo o que a vida colocasse em seu caminho.

A vida, pensou Mayol, deveria produzir cenas de vida e não de silêncio sepulcral e pó de morte. Por isso é paradoxal que um cemitério seja tudo o que ela me proponha nestes momentos. Embora, pensando bem, não tenha sido exatamente a vida que me conduziu até este local fúnebre e de prognóstico tão grave quanto o futuro dos meus dias. Não, não foi a vida, e sim eu mesmo quem quis voltar a ver este lugar que não visitava há não sei quantos anos, este lugar onde estão enterrados meus pais, meus pobres pais, e onde um dia, não muito distante, vão me enterrar se eu continuar dando voltas perdido nesta cidade, minha cidade.

Não sei exatamente por quê, continuou Mayol, acabei de lembrar o derradeiro olhar de meu pai. Na clínica, após a operação inútil, ele olhou diretamente no meu rosto como se procurasse em mim seu último espelho e, ao mesmo tempo, um pouco de luz terminal. Sempre desejou que eu fosse seu retrato vivo, que em tudo me parecesse com ele. Olhou para mim, lembro bem, como se buscasse seu próprio rosto no meu, e de repente me traspassou como se eu estivesse oco, como se tivesse descoberto que eu estava oco porque não tinha seus olhos, sua voz, seus ossos, seu modo inquietante de calar e de saber olhar sem nem sequer piscar os olhos.

Imóvel, plantado diante da porta do cemitério, ensaiou um olhar longo e fixo, dirigido a uma bela escultura que presidia a entrada do campo-santo: um anjo de cachos dourados que manejava com grande firmeza um trompete que significava a Ressurreição e a Vida. Com o primeiro piscar, cessou a severa inspeção ao anjo.

Que medo me dava papai, pensou Mayol, sempre imóvel. E que boa pessoa ele era no fundo. O homem mais católico e catalanista que conheci. Sempre nos parecemos bastante, ainda que meu catolicismo nunca tenha sido tão profundo quanto o dele. Sempre me caiu mal vê-lo sofrer quando, sem deixar de ser crente, comecei a não freqüentar a missa dos domingos. Parece-me que tanto ele quanto minha mãe adorariam me ver agora no cemitério preparando-me para rezar por eles. Quem dera que os coitados continuassem vivos e pudessem estar aqui agora para me consolar, para ajudar o menino perdido que sinto voltar a ser.

Continuou imóvel por mais algum tempo, plantado com severidade diante da porta do cemitério. Ficou lembrando um momento da infância em que seus pais se fizeram fotografar com ele e o irmão, que morreria um ano depois, num daqueles estúdios da época, em que as famílias burguesas definiam seu gosto e estilo de vida. Mayol, com sete anos, aparecia vestido com o uniforme escolar, uma camisa escura com laço no pescoço e bermudas com meias até o joelho, a metade da mão desajeitadamente enfiada no bolso.

Mayol abandonou sua imobilidade diante da visão do cemitério e experimentou, com falta de jeito, enfiar a mão esquerda no bolso. Nada menos do que setenta anos separavam aquele gesto diante do campo-santo do gesto diante do fotógrafo. Depois, olhou o céu que voltara a encobrir-se e parecia de novo ameaçador. Avançou uns passos, começou a andar pelo cemitério, onde não tardaria a ficar pasmo diante da beleza exagerada de mais uma escultura de anjo. Diferente do primeiro, que tinha uma fisionomia firme, este anjo parecia fatigado, derrubado, manejando com desespero ou indolência um trompete verde que parecia sucumbir sobre seus joelhos.

Julia, quando me expulsou de seu mundo, pensou Mayol, deixou-me como este anjo, derrubado. Claro que tudo tem suas compensações. Ao me expulsar de seu mundo, acionou dentro de mim um mecanismo de reflexões que de modo algum me permitiria continuar letargicamente em sua doce e agradável companhia de maníaca descascadora de ervilhas. Pobre mulher. Apesar de tudo que me fez, não tenho nada contra ela. Continuo gostando dela. Sem querer me fez um pequeno favor, ao me transformar em alguém consciente de ser um homem fora do lugar. Porque é o que sou. Um velho, um homem fora do lugar.

Gosto de perambular por esse cemitério, divagando. Gosto, no fundo, de viver neste emocionante e precário presente de morto-vivo. Isso disse a si mesmo o homem fora do lugar, e continuou a avançar pelo campo-santo, lendo de um lado e do outro do caminho algumas das inscrições nos nichos. Família Agut, família Ponsa, família Fresno Díaz, família Andreu, família Bartra Bonet... Deteve-se diante de um túmulo no qual podia se ler que no ano 1821 surgiu em Barcelona uma doença cruel, chamada febre amarela, que tirou a vida de muitos cidadãos. Ele continuou andando e encontrou o morto mais antigo do lugar. Aqui jaz, leu, Ramón Rosas y Saladriga, enterrado em 10 de julho de 1820. Aqui jaz, pensou, um homem mais velho que eu, o que me rejuvenesce.

Tudo era útil para dar ânimo a Mayol. Então achou um morto que estava ainda mais morto do que Ramón Rosas y Saladriga. Aqui jaz, leu, dom Sebastián Vidal Oller, enterrado em 10 de abril de 1819. Sem qualquer relação direta, veio à sua memória a imagem de um velho, entrevista fazia anos, nos arredores de Viladrau: o velho encontrava-se numa poça de esfriar cal, com a cal até o pescoço, descansando. Mais do que a imagem, o que guardou na lembrança – porque era o que melhor ficara gravado – foi o comentário que alguém lhe fez sobre aquele velho: "Costuma vir descansar aqui".

Que estranhos são os velhos, pensou Mayol, enquanto olhava para um lado e outro dos nichos, tentando achar um velho que fosse mais velho e estivesse ainda mais morto que dom Sebastián Vidal Oller. Então achou o túmulo recente do poeta Marià Manent, e decidiu memorizar o nome para contar a seu filho Julián, aquele descarado e ingrato mequetrefe que o acusava de ser um homem de inteligência natural embora pouco culto e instruído. Foi dessa maneira e naquele preciso instante, nem um segundo antes, que Mayol teve a idéia de visitar o filho. Afinal, estou a quatro passos de seu ateliê, e um pai sempre tem o direito de visitar o filho quando bem entender. O imbecil deve ter pensado, no outro dia, que não me atreveria nunca mais a vê-lo na vida. Pois bem. Vai ter uma bela surpresa, o pequeno cretino. Porque vou lhe dar um susto mortal, um susto de campo-santo. Ele bem o tem merecido e vamos ver se aprende. Olá, direi. Vim ver o que faz quando não está pintando. Manterei as mãos apoiadas na cintura e irei me sentir agressivo contra todo mundo, e essa agressividade a dirigirei inteira contra o senhorzinho Julián, diante de quem mostrarei o meu poder.

– É fantástico – disse Mayol, sem poder ocultar sua satisfação –, é uma maravilha ver que ainda me resta algo por fazer na vida. Irei ao ateliê do filho culto e instruído e lhe darei o susto de sua vida, lhe darei um daqueles sustos que lhe dava quando criança, um susto mortal.

Durante alguns instantes, Mayol teve a sensação de poder olhar o mundo de cima. Foi tomado por um delírio paternalista, um delírio de tal poderio que, quando deu com o túmulo de seus pais – esse túmulo que um dia seria seu –, olhou-o com desdém e expressão de suprema arrogância.

– Veja só, você está aí, simpático túmulo, você está aí me esperando – disse em voz alta, ao modo de uma perversa oração. – Você continua fingindo se aborrecer com meus pais mortos, continue aí que eu já irei denunciar suas vergonhas.

Depois, quase enrubescido, desceu à terra e à realidade. Olhou ao redor. Era, naquela hora, o único visitante do cemitério. Ao longe, alguns pedreiros faziam reparos num mausoléu. Notou de repente que se alçava um vento frio que parecia anunciar o retorno da chuva. Cobriu o pescoço com as lapelas da jaqueta, enquanto observava sobre a lápide da família Mayol somente quatro ervas e algumas rosas murchas, que demonstravam o grau de abandono a que relegara aquele túmulo, embora fosse também verdade que não se passara um só dia em sua vida em que não tivesse pensado em seus pobres pais, naqueles seres íntimos, já perdidos na estranha roda do tempo e que, ao gerá-lo, lhe tinham dado a chance de conhecer a sensação de estar vivo: a maravilha e o horror da consciência.

Naquele momento, enquanto Mayol lembrava de seus pais, o filho Julián pensava em tudo menos nos seus, os pais recém-separados. Julián olhava a tela em branco com estranha fixação. Não sabia por onde começar. À medida que os segundos passavam, afastavam-se dele os detalhes mais importantes de Porto Metafísico. Percebia que na verdade só tinha o título do quadro e o resto pertencia ao reino confuso da nebulosa na qual se movem muitos sonhos, percebia que na verdade precisava inventar Porto Metafísico de cabo a rabo, e que a única coisa clara sobre o quadro era a obrigação de fazê-lo parecer o menos possível com um De Chirico. Afastou-se da tela em branco e foi fumar um cigarro no outro extremo do ateliê. Assomou à janela que dava para um pátio interno, do qual se podia escutar no rádio de um vizinho uma canção de amor que falava insistentemente no azul do céu. Decidiu que o acaso acabava de lhe dar uma ajuda e que a cor azul predominaria em Porto Metafísico. Mas faltava resolver todo o resto do quadro. Para não desanimar ainda mais, imaginou-se concedendo uma entrevista para um jornal muito importante, e que no questionário ele encobria, em parte, seu maior segredo, o grande segredo de sua arte sublime, a origem da grande força de suas pinturas, essa origem que nascia dos efeitos secundários de suas visões em cochilos ou em sonhos.

"Já é hora de revelar", dizia a um jornalista imaginário. "Já é hora de saber de onde procedem as imagens visionárias de alguns de meus quadros mais recentes. Quase sempre, enquanto durmo, algo acontece dentro de mim. Quando acordo, minhas pálpebras se abrem de repente, como as de uma marionete, *e eu vejo*. O que vejo nesse instante, na solidão de meu estúdio, é um quadro que ainda não comecei e que no entanto vejo concluído."

Na realidade, isso era o que gostaria que estivesse acontecendo naquele preciso instante. Ao contrário, porém, não enxergava nada de seu futuro quadro. Não tinha nem idéia – no máximo uma vaga lembrança – de como era Porto Metafísico. O pior foi quando viu que, quanto mais se concentrava nesse porto fantasmal, mais aumentava sua tendência a pensar num tipo de pintura muito diferente, a pensar na representação de um baixel curvo, pálido, oco por dentro, e em cujo ventre jazia um ovo de alabastro, dentro do qual resplandecia uma única mancha: uma mancha que não tardou a perceber que não era um ovo mas um globo, talvez um olho, talvez seu próprio olho, o esquerdo. Não, o direito. Não, o esquerdo. Estava cada vez mais confuso. Foi à cozinha preparar um café e lá decidiu que colocaria esse baixel atracando em Porto Metafísico sob um azul intenso. Você vê, disse a si mesmo, como não havia motivo para se desesperar tão cedo?

Foi assim que Julián deu por certo que, ao abrir caminho pelo intrincado emaranhado de sua imaginação, o quadro de Porto Metafísico começara felizmente a existir. Mas quando foi olhar de novo a tela em branco, logo deu-se conta de que continuava sem saber por onde começar. Pelo azul intenso do céu? Por um barco que atracava num porto que não conseguia imaginar? Sem porto, nem o céu nem o barco tinham muito sentido. Fez um último esforço para imaginar o porto e só conseguiu evocar imagens do passado, que se estatelaram em sua cabeça como aviões caídos de um céu intensamente azul. Então, consolou-se; sem dúvida, aquele não era seu dia, mas não era nada grave, já que ninguém ficaria sabendo.

Enquanto Julián se consolava dessa maneira, seu pai passeava atônito entre os soberbos mausoléus no fundo do cemitério: mausoléus de nobres famílias barcelonenses, estranhos túmulos com gravações maçônicas e esotéricas que o intrigavam enormemente – nunca havia reparado nesses signos que se exibiam nos monumentos funerários de famílias barcelonesas de classe alta –, o mantinham entretido e, apesar da proximidade da chuva, iam eternizando sua visita ao cemitério.

Esses signos inscritos nos melhores túmulos terminaram por lhe trazer a lembrança de um amigo morto, Antonio Geli, mais conhecido pelo apelido de o Francês, jogador de pôquer profissional, maçom até a medula, falecido de morte natural em Reims, num dia de Natal já muito distante. Antonio Geli e ele tinham vivido juntos todo tipo de animados casos, tinham partilhado em Madri uma mesa de jogo com o general Perón e o depenaram numa noite inesquecível em Puerta de Hierro, tinham dançado com Lola Flores quando ela era noiva do jogador de futebol Biosca, tinham vivido a mesma angústia na noite em que o Francês ganhara de um amigo comum todo o dinheiro que economizara, e com maior angústia ainda testemunharam o momento em que esse amigo, num ato próximo do desvario absoluto, havia tentado recuperar parte do perdido apostando, numa única e última carta, sua alfaiataria de Vía Layetana, e a perdera, e Antonio Geli passou a ser então proprietário de uma alfaiataria não desejada mas que precisou aceitar, pois as regras do jogo não permitem perdoar nada nem mesmo a um amigo; uma alfaiataria aonde durante anos levou seus filhos para fazerem ternos sem lhes dizer jamais – era uma vergonha imensa – que era sua, o que dificultava ainda mais a compreensão, por parte dos contrariados filhos, do que acontecia; eles não entendiam como, apesar de todos os seus protestos, seu pai insistia em vesti-los numa alfaiataria de corte clássico, que os transformava em alvo de zombaria de todos os amigos modernos.

Conheço tantos detalhes da vida de Antonio Geli, disse a si mesmo Mayol, que seria muito simples me fazer passar por ele. O seu mundo eu conheço muito bem. Mas nem gostaria de me chamar Antonio Geli, e menos ainda o Francês, nem me agrada ter que sair de viagem para poder me fazer passar por outro. Estou muito bem aqui no cemitério, sabendo que logo vou dar um susto mortal no artista da família. Minha mulher me despreza, e talvez a pobre tenha certa razão em fazê-lo. Meu filho mais velho veio me dizer que perdi a vida toda me dedicando a um negócio estúpido, e talvez tenha razão de pensar assim. Se o temporal de chuva e vento, esse temporal que me parece não tarda a reaparecer, arrasasse toda Barcelona, seria contudo uma catástrofe menor do que a minha vida suporta ultimamente. Ao menos isso me deram a entender. Eu os perdôo porque os amo e porque talvez não tenham feito mais do que dizer a verdade. E a verdade, já se sabe, é sempre dura. Perdôo-os porque no fundo sou muito forte e posso agüentar tudo e, além do mais, eu os amo. Posso agüentar tudo, menos que Julían elogie minha inteligência natural para, em seguida, me acusar de inculto, de homem sem estudo, de pessoa pouco instruída. Esse imbecil do Julían é incapaz de se dar conta de que ele pode ter lido muito, pode ter obtido vários títulos universitários, pode saber pintar com o escasso dom que Deus lhe deu, e, no entanto, é um patife porque não enxerga que tudo isso não significa estar mais próximo da lucidez ou de uma visão superior à minha a respeito do que é o mundo. Me arrependo até de ter pago os estudos desse néscio pretensioso. Esse pobre pintor de quinta é um perigo muito grave para minha saúde mental. Jamais deu mostra de que os livros tenham tido nele algum dos efeitos benéficos que as pessoas incautas como eu, às vezes, atribuem à leitura ou à visita aos museus. Estudou e viu exposições e leu centenas de livros, mas a realidade me diz que jamais aprendeu nada.

Quanto mais pensava nisso, mais nervoso Mayol ficava. Porém esse nervosismo chegava acompanhado do alívio de ter afinal encontrado uma pessoa sobre quem pudesse assentar toda a revolta por sua injusta situação. Quando conseguiu se acalmar um pouco, deixou-se invadir por uma certa melancolia de cemitério. Sentou-se no túmulo da família Bosch e olhou para o céu, confirmando uma vez mais que a chuva se aproximava. Então aconteceu-lhe algo de que demoraria bastante a se recuperar. Pareceu-lhe ouvir um leve ranger, ao qual nem prestou atenção num primeiro momento. Mas, quando o ranger se repetiu e escutou um ligeiro estalido, seguido de um terceiro rangido mais forte, um certo temor brotou dentro dele, e cresceu muito quando escutou um tênue suspiro, que podia ser do vento, embora também pudesse ser a respiração de um ser humano. Olhou ao redor e comprovou que não havia ninguém. Olhou então para os pedreiros, que estavam bem longe. Pareceu-lhe que todos olhavam em sua direção naquele momento. Mas, sendo algo tão surpreendente, foi ainda mais surpreendente o fato de acreditar ter reconhecido num deles a silhueta de Antonio Geli, o Francês.

O vento parou um instante e então teve a impressão de escutar, no silêncio sepulcral que se tinha produzido, o levíssimo rumor de uma boca respirando. Levantou-se, decidido a terminar sua visita ao cemitério. Para Mayol, passou a ser crucial sair daquele recinto e se dirigir com máximo espírito de vingança à vizinha avenida Icaria, na Vila Olímpica; sair do campo-santo o quanto antes e se plantar diante da porta do ateliê do artista da família e lhe dizer: "Olá, queria saber de que lhe serviu, pintor de araque, ter tanto estudo e cultura".

Já na avenida Icaria, tentando esquecer o fantasma de Antonio Geli, foi prestando atenção em todas as pessoas com que cruzava, gente que caminhava rápido, sem dúvida pela proximidade da chuva. Todas as pessoas que ia vendo lhe pareciam especialmente feias e horríveis, como de além-túmulo, causando-lhe tamanha indignação que chegou ao extremo de querer roubar algo de cada uma delas.

Passou todo o percurso até a casa do filho aproximando-se dissimuladamente daqueles transeuntes, os quais, apesar do passo vivo e ligeiro, não se esqueciam de dizer coisas entre eles. Captou todo tipo de conversas misteriosas. Escutou, por exemplo: "Ainda não me deram a manutenção da cria".

Aproximou-se de um casal de namorados e achou que o jovem chorava e sua namorada lhe dizia: "Só a dor é definitiva".

"Vou repetir pela última vez", escutou um jovem dizendo a outro jovem, "não quero ter que repetir mais. Se alguém tem que entrar, é seu pai. Que entre seu pai. Você ouviu? Que entre seu pai".

Que estranho tudo isso, pensou Mayol.

"Fico nervosa facilmente", ouviu uma mulher vestida de luto dizer. "Eu não perco nunca o autocontrole", respondeu seu jovem acompanhante.

– Fico nervoso facilmente – dizia pouco depois a uma menina sentada à porta do prédio do filho. Julgou que a menina bloqueava a entrada. Tinha começado a chover forte. Em poucos segundos, Mayol ficou ensopado de chuva até os ossos. – Afaste-se daí! – gritou, tentando amedrontá-la. – Venho do cemitério.

Mas a menina não levou susto nenhum e limitou-se a dizer:

– Você é um homem mau, muito mau, e não vou deixar você passar.

– Como não?

– Você está muito molhado, vovô.

A palavra vovô o incomodou muito, ele parecia com George Sanders.

– Afaste-se agora mesmo daqui, pirralha – ele disse, e tratou de entrar no edifício quase atropelando a menina. Então percebeu-se gente de fora, sem nenhuma relação com o prédio. Para entrar tinha que chamar o porteiro eletrônico. Tocou aleatoriamente uma campainha e uma voz de mulher perguntou quem chamava.

– Entrega especial – disse Mayol.

E a mulher, entre risadas, abriu.

Perseguido pelo choro da menina, subiu até o segundo andar e apertou a campainha do ateliê do filho. Teria pago qualquer preço para conseguir, no momento em que Julían abrisse, a claridade de um relâmpago tremendo, o som forte de um trovão e o vento batendo contra os vidros do ateliê, e que, ao vê-lo ali, na entrada, espectro entre os espectros, seu filho levasse um susto mortal.

Mas o aparato elétrico e sonoro da tempestade não quis colaborar com o efeito de terror que Mayol desejava. Seu filho abriu e, ao ver o pai com o olhar perdido e ensopado até os ossos, limitou-se a dizer:

– Merda! Pode-se saber de que buraco você está vindo?

– Eu jamais teria me atrevido a falar assim com meu pai.

– Sim. Mas onde se meteu, posso saber?

– Do túmulo de Antonio Geli, um bom amigo.

– Não brinque. Venha, entre antes que pegue uma pneumonia.

– Não me importaria de pegar.

– Do que você está falando?

– Que não me importaria nada de pegá-la. Depois de tudo, só a dor é definitiva.

Cessou lá longe o choro da menina da rua. Foi como se ela tivesse optado por escutar a conversa entre pai e filho.

– Mas do que você está falando? – insistiu Julián.

– Ainda não falei, falo agora, e não quero ter que repetir. Que entre seu pai.

Kim Novak

Uma hora depois, Mayol caminhava pelo bairro da Ribera protegido pelo guarda-chuva vermelho de sete dólares que tomara emprestado de Julián, um guarda-chuva comprado na cidade de San Francisco.

Pelo que pude saber – e sei muito –, não chovia com a intensidade de uma hora antes, e podia-se ver mais gente na rua. Mayol, que depois de desabafar por completo diante do filho já estava um pouco mais tranqüilo, e já não achava os transeuntes tão horríveis, ia distraído, revolvendo a conversa com Julián durante a visita vingativa que acabara de lhe fazer, e na qual, entre outras coisas, havia tentado desenvolver a tese de que o mais importante do mundo era saber pensar por si próprio. Sem dúvida, havia dito aquilo tomado de um certo ressentimento por ter sido chamado de inculto pelo filho, embora, se não existisse esse rancor, Mayol teria dito praticamente a mesma coisa, já que sempre havia pensado – em parte para se livrar de certo complexo de inferioridade por ter freqüentado a escola só até os catorze anos – que não valia a pena conhecer ciências e estudar muito para chegar a ser uma eminência em determinadas matérias que mais cedo ou mais tarde – com a morte seguramente – seriam esquecidas.

Nesse dia, diante do filho, Mayol tornou a esgrimir esse álibi em que acreditava firmemente. Da mesma maneira cabal com que desconfiava dos conhecimentos dos médicos, estava certo – sempre estivera – de que no fundo ninguém sabe nada sobre nada; de qualquer modo, quase todas as pessoas realmente sábias e respeitáveis que encontrara eram as que conheciam a fundo a lei da rua e da vida.

Somente a vida ensina alguma coisa. Assim pensava nesse dia Mayol, caminhando pelo bairro da Ribera, protegido por um guarda-chuva de sete dólares. Assim havia pensado sempre. Assim pensarei sempre, dizia Mayol consigo mesmo, caminhando naquele dia pelas ruas, distraído, embora não o suficiente para deixar de se fixar, volta e meia, em alguns transeuntes.

Na casualidade da rua – porque as ruas são o lugar ideal para as casualidades que a vida moderna oferece –, numa estreita ruela que desemboca no passeio do Borne, Mayol cruzou naquele dia com uma mulher alta e de meia-idade, vestida de preto dos pés à cabeça, em luto fechado, até o guarda-chuva era preto: luto de antigamente, luto de outros tempos, usado por uma transeunte casual que cativou Mayol, e ele, de repente, como se estivesse vivendo uma segunda adolescência, apaixonou-se. Cruzou com a mulher de luto e pouco depois a perdeu de vista possivelmente para sempre, o que não foi obstáculo para ficar apaixonado enquanto pensava o seguinte: Em certas ocasiões, é apenas uma questão de segundos, às vezes o amor só exige o tempo necessário para que uma pessoa desconhecida cruze nosso caminho e nos olhe, e para que nós, ao retribuir o olhar, descubramos o sentido mais profundo da paixão.

Aconteça o que acontecer, continuou pensando Mayol, continuarei sempre apaixonado pela beleza fugidia dessa mulher de luto antigo. O que minha família estava pensando? Tentaram me destruir e por pouco não afundo na lama. Pois se cinqüenta anos de amor não são nada, se minha empresa é uma porcaria, se sou um caipira milionário... Mas o que pensam que são? Sempre tive recursos para tudo. Agora estou apaixonado e que se danem. Se não fosse um bobo sentimental, mudaria agora mesmo o testamento e nomearia essa mulher de luto minha herdeira universal.

A seu modo, sem ser totalmente consciente, pois não pensava em termos culturais, Mayol acabara de transformar a transeunte casual em sua Dulcinéia. Continuou andando e, alguns minutos mais tarde, ao entrar no último trecho do passeio do Borne e ao reparar num cego que olhava para o céu, Mayol deteve seus passos para contemplá-lo com atenção. Perguntou-se o que o cego estaria procurando nas nuvens. Pensou consigo mesmo: Quem iria me dizer, há apenas uma hora, quando eu era puro desespero e desorientação, que na minha idade acabaria tomando partido radical pela vida ativa, enfim, em vez da vida que sempre levei? Nada de esperar com outros aposentados sentado num banco ao sol, nada de jogar dominó, eu que sempre joguei pôquer, nada de procurar algo nas nuvens ou na lua de Valência, nada de esperar a pobre Morte, vejo agora com clareza. A vida só vale a pena ser vivida quando é intensa. Talvez a minha até agora não tenha sido o suficiente, mas tentarei que o seja, ao menos em seu último trecho.

Pensar que sua vida até então não tinha sido demasiado intensa não deixava de ser um tanto incoerente. Sem dúvida, pensando assim, o que aparecia cada vez mais era a vertente modesta de Mayol. Muito modesta, já que não se podia dizer que sua vida fora medíocre. E além do mais –, tampouco disso ele parecia consciente – reunia em sua pessoa várias personalidades contraditórias, que o transformavam num ser mais complexo do que sua modéstia sugeria: era um católico convicto, mas não praticante; um excelente homem de negócios, que carecia de compaixão pelos rivais; um jogador de pôquer sem escrúpulos; um honesto ex-parlamentar catalão.

Afinal, que outra saída me resta?, continuou raciocinando Mayol. Não sou homem para ficar amargurado, lamentando, na roda de meus velhos amigos chatos, que além do mais nem são muito amigos, o lânguido crepúsculo de minha vida.

Assim raciocinava Mayol nesse dia. Parecia um adolescente que toma decisões como quem caça espinhas ou moscas, mas com a vantagem que lhe dava – à diferença do adolescente real, que não conhece os limites do sofrimento – a experiência de uma longa vida.

Chega, continuou pensando Mayol, dessa história de andar desesperado pelas ruas, temendo voltar para casa com medo de que Julia me pergunte o que ainda faço nesse canto do mundo, que pelo visto agora é só dela. Chega, vejo bem claramente. Acredito, também, que estou me transformando num filósofo. Acaso não o é aquele que é capaz de extrair da vida toda sua essência? Eu posso nunca ter lido um único livro de filosofia, nem me faz falta. Sou igualmente um filósofo. Já disse a Julián: É necessário aprender a pensar por si próprio. E o que penso agora está bem claro: devo voltar à vida ativa, deixar de pensar na morte e em outras tolices.

Parecia um adolescente. Sem perceber, regredia à idade que tinha quando a guerra interrompeu seu estudo e o obrigou a deixar a escola, para transformá-lo num voluntário da Cruz Vermelha que recolhia com pás de ferro os corpos despedaçados de meninas mortas.

E se algum dia, continuou pensando, volto a me encontrar com o presunçoso Julián, me limitarei a surpreendê-lo mais do que nunca, direi que me apaixonei. Por quem, vai perguntar temeroso, receando por sua herança. Direi que por uma mulher encontrada no bairro da Ribera e que tem o hábito de vestir luto por mim. Direi isso a ele, e o artista da família aprenderá de uma vez por todas que uma pessoa, em qualquer idade, se apaixona e ressuscita, se renova completamente, renova seu olhar e sua ilusão, volta a seus melhores momentos porque vive tudo com capacidade de improviso. Ou não?

Ao pensar tantas coisas, Mayol oscilava entre duas realidades contrapostas: o desespero e a alegria. Sabia que era mortal e isso, somado à injusta atitude de sua mulher, lhe causava desespero. Mas, por outro lado, sabia que triunfara sobre a morte, porque poderia perfeitamente já estar morto e no entanto vivia, o que lhe alegrava e o levara até a inventar para si uma Dulcinéia. Essa luta entre desespero e alegria constituía o núcleo principal da vida de Mayol.

Ao passar diante de um bar, perto da igreja de Santa María del Mar, pensou ter ouvido a palavra Porto. Porto! Acabara de escutar ou acabara de imaginar? Não pensou duas vezes e entrou numa agência de viagens da rua da Argentería e adquiriu, para três dias depois, uma passagem de avião para o Porto.

Meia hora mais tarde, entrava em sua casa como se fosse um ladrão, e o fazia com o ar circunspecto de quem não sabe se o espera um beijo ou uma bomba, mas fica preparado para as duas coisas, sobretudo para a segunda. O mais provável era que o esperasse uma bomba de alta potência, e sua mulher repetisse pela enésima vez que não queria mais vê-lo ali, e dissesse que não o entendia perambulando como uma sombra pela casa, e ainda perguntasse o que precisava fazer para ele pegar, de uma vez por todas, os seus trastes e objetos pessoais e ir embora.

Esperaria que ela terminasse de disparar sua amarga artilharia para dizer: Daqui a três dias vou morar no Porto, querida. Para minha vida nova não preciso resolver mais do que um par de assuntos com o banco e levar desta casa o essencial, o estritamente indispensável. De resto, pense que já fui embora e que morri como morrem os pobres desalojados. Não era isso o que você queria? Pois aí está. Morto, olhe para mim, já estou bem morto. Você deve estar contente.

Entrou em casa e viu que Julia não estava. Respirou com certo alívio. Vestia a roupa – um terno azul comprado em Berlim há vinte anos – que Julián acabara de lhe emprestar em seu ateliê. Roupa seca para evitar uma pneumonia. Como o terno lhe dava um ar juvenil e lhe caía bem – ao menos isso era o que ele pensava –, decidiu ficar com ele no mínimo até que sua mulher chegasse.

Sentou-se numa poltrona que fora sua durante cinqüenta anos e começou a ler a carta de Nova York, com selo do Hotel Pennsylvania, que acabara de roubar da caixa de correio de um vizinho do prédio. Era a carta de uma tal Glória.

Dó, ré, mi, fá, sol, leu. Ontem à noite fui à ópera e me senti por fim discretamente feliz. Rossini no Metropolitan, onde os murais são de Chagall e a abóboda é folheada a ouro. No entreato oferecem canapés e coquetéis adocicados. Na saída aguardam limusines brancas com choferes negros. A maior parte do tempo ando sem parar pisando em poças, caminho tranqüila por esta cidade, com minhas luvas esburacadas e embrulhando minha cabeça, rosto e pescoço, num velho cachecol preto. Adeus e um beijo.

Talvez pela referência à cor preta do cachecol, Mayol teve a impressão de que aquela carta podia perfeitamente ter sido escrita pela mulher de luto do bairro da Ribera. Talvez pela cor do cachecol, mas também porque o tom da carta era juvenil como o terno azul que ele vestia naquele momento. Luvas esburacadas, disse Mayol em voz quase alta, muito contente. E sentiu-se orgulhoso de receber esse tipo de correspondência. Porque essa carta, disse a si mesmo Mayol, veio para mim, só eu mereço recebê-la.

Levantou-se da sua poltrona de toda a vida e serviu-se um vinho do Porto recém-comprado. Pouco depois invadia-o a tentação quase infantil de quebrar em dois o guarda-chuva vermelho de sete dólares. Disse a si mesmo que poderia ser uma boa maneira de reingressar na vida ativa. Mas finalmente decidiu reprimir o instinto destrutivo. Serviu-se um segundo porto e começou a lembrar detalhes de sua visita ao ateliê do gênio da avenida Icaria. Lembrou como, enquanto fazia de conta que não queria entrar no estúdio do filho, não fazia senão repetir, uma e outra vez, feito uma ordem mental: Se não achar logo algo melhor para fazer lá dentro, vou me dedicar à vingança impiedosa contra Julián, por ter me chamado de inculto e de pessoa pouco lida. Sobretudo, por pensar que é melhor do que eu.

É claro que as acusações do filho afetaram muito Mayol, tinham-no afetado ainda mais do que a atitude da mulher convidando-o a abandonar a residência conjugal. É que Julián, certamente sem intenção, mexera na ferida que mais doía no pai. Julían tocara no ponto fraco – o trauma essencial, como o chamam alguns médicos – da personalidade de Mayol: a interrupção definitiva, por causa da guerra civil, de seus estudos; essa interrupção o levara a andar pela vida sentindo-se às vezes inferior a boa parte de sua geração, que, tendo podido voltar à escola depois da guerra, ostentava títulos universitários contra os quais Mayol tivera de lutar, impondo-se na vida somente com a ajuda de seu natural talento de comerciante.

– Venha logo, deixe de bobagens e entre de uma vez – disse Julían vendo-o ali, indeciso, na entrada. – Vai pegar uma pneumonia grave. Tire a roupa. Eu lhe empresto algum terno meu. Afinal, para alguma coisa tem que servir o fato de termos as mesmas medidas. Venha, entre.

Mayol continuou sem se mexer da porta. Fechou os punhos e mostrou-se – na verdade era uma encenação – indignado.

– Era o que faltava – disse Mayol. – Só faltava você me convidar para ficar nu no seu ateliê. Trata-se de um claro atentado à minha dignidade de pai.

– Eu só estou dizendo que entre, que você está ensopado e vai pegar uma pneumonia.

– Gostaria de saber como concebe sua dignidade, senhor pintor tão imaginativo. Como a pintaria o nosso famoso gênio?

– Eu tenho a dignidade do fósforo – respondeu Julián, ostentando certa agilidade mental, capaz, inclusive, de desconcertar Mayol, que demorou um pouco a reagir e precisou se refugiar na ironia.

– Mas como é engenhoso meu filho. Que imaginação fantástica ele tem. A dignidade do fósforo...

Julián então explicou a grande dignidade do fósforo, pois servia para dar fogo, que era o que estava oferecendo ao lhe dizer que entrasse no ateliê, mudasse de roupa e se esquentasse um pouco.

Enredaram-se numa discussão absurda sobre a dignidade do fósforo, até que Mayol, sem se deixar convencer, entrou no ateliê.

fazer turismo. Visitara a catedral do século XII, o Cais da Ribeira, a igreja de São Francisco e o Museu Soares dos Reis. Exaurido, sentia-se feliz por ter encontrado um lugar agradável para organizar seus pensamentos.

Não me aconteceu nada de especial desde que saí de viagem, pensou Mayol. Mesmo de maneira um tanto vaga e imprecisa, ele confiara no fato de que sair de viagem poderia transformá-lo em protagonista de uma dessas histórias – vistas em tantos filmes – em que uma pessoa, ao sair de viagem, começa a viver novas e intensas experiências, envolvendo-se nas intrigas mais disparatadas. No entanto – talvez isso só acontecesse no cinema –, nada de especial havia acontecido desde Barcelona. Chateava-se e, ainda por cima, já vira tudo o que tinha que ver no Porto. Que pensava fazer no dia seguinte? Visitar mais igrejas e museus? Procurar uma casa para começar uma vida nova e incerta? O que havia perdido nessa cidade? Sua mulher tinha razão quando perguntou o que perdera no Porto. Talvez fosse melhor perder de vista o Porto o quanto antes, continuar viagem ou simplesmente voltar para Barcelona, onde ao menos tinha um círculo de amigos, uma paisagem familiar e, além disso, o filho mais velho padecendo de uma crise galopante da qual talvez pudesse ajudá-lo a sair.

Foi tomado por uma angústia cósmica, um desassossego profundo ao ver que não sabia por onde encaminhar seus passos na vida. Parecia um desses adolescentes confusos que não sabem como encarar o futuro. Um garçom do Magestic interrompeu toda essa angústia ao perguntar o que iria tomar. Pediu um porto – assim como o cigarro, era o primeiro do dia – e, tentando driblar completamente sua amargura, procurou animar-se dizendo que a melhor preparação para suportar a vida talvez fosse aprender a arte de romper com tudo o que nos parece atraente e imprescindível, a melhor preparação talvez fosse conceber a vida – mesmo que ela tivesse entrado em sua última etapa, ou precisamente por isso – como uma série de rupturas essenciais com tudo, converter-se num perito em despedidas. Era, enfim, o que nos últimos dias tinha levado adiante. Só lhe faltava agora despedir-se do Porto e ir a outra cidade para também se despedir dela, dessa outra cidade, e assim até o infinito. Era preciso não ficar amarrado a nada, nem sequer à possibilidade de fincar raízes em algum lugar maravilhoso. Decidiu que não lhe interessava, na sua idade, transformar-se em protagonista de alguma aventura de filme e que talvez fosse melhor virar protagonista de uma simples sucessão de despedidas. Como às vezes era muito rigoroso, pensar nisso exatamente o levou a se despedir da idéia de se tornar um perito em despedidas. Decidiu, isso sim, que no dia seguinte deixaria o Porto e iria repetir a viagem feita trinta anos antes, com seu cunhado e as respectivas famílias, para Lisboa, onde procuraria algo que o retivesse. Se não o encontrasse, restava sempre o recurso de tornar a se convencer de que lhe convinha ser um perito em despedidas.

Lá pelas sete da noite, no Magestic, Mayol pedia seu primeiro porto, e não muito depois, sem chegar a entrar no café, Pablo farejava o lugar, parado diante da mesma porta, bastante amargurado depois da procura – infrutífera, tal como pressentira – de Luiza por toda a cidade. Mayol estava sentado de costas para a entrada, pois encontrara a posição perfeita para ter o melhor ângulo de uma jovem e bela cliente que lia, com exagerada atenção – julgou Mayol –, um livro. Não viu, portanto, quando Pablo farejava o lugar. E tampouco Pablo o viu, não só porque Mayol estava de costas para a porta, mas porque, à procura de Luiza, só prestou atenção às mulheres no café. Como não viu a mulher procurada, Pablo continuou seu vacilante caminho – começando a se embebedar – pela rua Santa Catarina, onde, feito no Magestic, só prestou atenção às mulheres.

Acredito que não seja leviandade dizer agora que o acaso no Porto já não dormia a sesta, mas, certamente – posto que não tinha se preocupado nem um pouco em promover algo tão fácil quanto o encontro de tio e sobrinho –, havia iniciado uma greve parcial que, a qualquer momento, poderia se transformar em greve geral. Essa greve parcial continuava de pé à meia-noite, quando Mayol, em seu quarto do Hotel da Bolsa, não conseguindo dormir, foi até a janela. Estava inquieto, mortificado pela esmagadora solidão, e não fazia outra coisa senão procurar um sentido mínimo para sua viagem, lembrando-se da frase do astronauta Glenn, segundo a qual sua nova viagem era como uma aventura no desconhecido.

Da janela viu, de repente, um homem cambaleando na luz incerta dos faróis. Na arriscada e imprecisa segurança de seus movimentos, percebia-se o bêbado inveterado. Os sapatos do homem chafurdavam nas poças, chocavam-se com os paralelepípedos desiguais, afundavam no cascalho, se enrolavam na poeira. A névoa batia em seu rosto como algodão úmido, o vento agitava as mechas cinzas que se deixavam ver por baixo do grotesco chapéu comprado à tarde e que o tornava irreconhecível.

O homem tinha só quarenta e dois anos, mas sentia-se, nos últimos meses – abandonado pela mulher, novamente casada –, terrivelmente envelhecido, enquanto as imagens de sua vida anterior, tão claras, luminosas e brilhantes, pareciam-lhe murchas e esvaídas. O homem percebia que em sua mente, fazia meses, tinha ficado aberta, poderosa, dramática, envolvente, a abóbada do horror. O homem pressentia que podia ser atingido pela morte em vida muito antes do previsto, sobretudo se já não reagia, se não tentava fugir do espaço irrespirável em que sua vida se movia desde o divórcio e desde que a mulher se casara com um homem jovem e ele começara a sentir-se muito velho e a viver uma existência que era pura angústia de afogamento e falta de ar, uma necessidade urgente de voltar a ser jovem e esquecer seu próximo desembarque na praia da derradeira realidade.

Esse homem era Pablo, avançando no fio da meia-noite, cambaleante porque bebera demais e também porque o enjoava ver diante de si a solidão sem nome do acaso, um acaso que tinha se escondido no cais do Porto e se negava a colaborar com ele. Esse homem era Pablo, que se dirigia com uma falta de ar vital para o Aniki Bobó, onde também não iria encontrar a mulher que havia procurado o dia todo, pois o acaso no Porto se declarara agora em greve geral.

Mayol viu passar o homem cambaleante e a última coisa que podia lhe ocorrer era que pudesse ser seu sobrinho da Madeira. O homem cambaleante, por sua vez, muito menos pôde ver o tio de Barcelona na janela do quarto do Hotel da Bolsa, pois não percebia nada do que acontecia a seu redor. O homem nada sabia, por exemplo, do céu negro que se estendia por cima das copas das árvores da rua Ferreira Borges. Aquele homem, por não perceber, nem percebia o grito nostálgico dos trens da estação de São Bento, os trens que choravam ao longe pouco antes de abandonar o Porto e se lançarem sozinhos para realidades diferentes, realidades de cidades como Lisboa, por exemplo, para onde Mayol pensava viajar no dia seguinte.

Esse homem, como as cidades distantes por onde os trens lançavam seus lamentos, não fazia mais do que ir – digo eu – ao encontro de seu próprio desespero.

Mayol, sem saber que o homem do chapéu era seu sobrinho Pablo, fechou de repente a janela e ficou lembrando o fascinante espetáculo que presenciara naquele dia ao anoitecer, quando as luzes foram se acendendo nas ladeiras da cidade. Mayol fechou subitamente a janela e lembrou-se daquele anoitecer e pouco depois escreveu um novo cartão para o filho Julián, limitando-se a dizer vagamente que no dia seguinte viajaria para Lisboa e que estava feliz sozinho, como um belo cadáver maquiado, no seu primeiro dia de túmulo.

Uma vez escrito o cartão, que jamais pôs no correio, voltou à janela, mas desta vez sem abri-la. Olhou para o céu e ficou em êxtase um bom tempo diante da lua, e finalmente baixou o olhar para a rua. O transeunte cambaleante e trágico já não estava mais ali. Mayol imaginou que aquele pobre homem se perdera em sua própria solidão. Não imaginou – é lógico – que voltaria a vê-lo em poucos dias, à hora do crepúsculo, num estranho porto longínquo.

Sintonize a cultura

Às vezes tenho a impressão de que surjo do que escrevi, como uma serpente surge de sua pele. É bem possível que tenha algo de ofídio, ou seja, de serpente. E acredito que da cidade de Lisboa poderia se dizer alguma coisa parecida. Labiríntica, com mirantes que oferecem vistas extenuantes, com a eterna verdade vazia daquele céu, triste e cativante como nenhuma outra, Lisboa é elegante em seu serpentear, é uma cidade que às vezes parece surgir como uma serpente surge de sua pele. Pega o visitante, pegou Mayol. Pelo que pude saber, Mayol tomou consciência muito cedo da natureza ofídica de Lisboa, a cidade branca para alguns, a cidade azul atlântico para mim.

Mayol soube descobrir rápido essa condição de ofídio em Lisboa, descobriu-a com a mesma simplicidade com que outros viajantes, recém-chegados à cidade, descobriram sua essência ao ouvir os gemidos roucos de um fado num rádio ao longe. As pessoas que viajam sozinhas têm um sexto sentido, uma espécie de facilidade ou capacidade de percepção muito superior àquelas que viajam acompanhadas e ficam o tempo todo falando como maritacas e nada percebem, incapazes de captar detalhes como o que Mayol pegou no ato, poucas horas depois de chegar a Lisboa, na igreja do mosteiro dos Jerônimos, onde descobriu em suas duas grandes colunas, talhadas no coral, as formas sinuosamente mágicas de duas serpentes, de imediato decidindo relacioná-las à alma da cidade. Relacionou-as de uma forma pedestre, mas profundamente intuitiva, e o fato é que soube estabelecer a relação, e isso, afinal de contas, é o que importa mesmo.

Mayol relacionou serpente com Lisboa porque sempre ouvira dizer que as mulheres eram como serpentes, e também porque sempre lhe parecera verdade essa coisa de que as cidades são mulheres, cada uma com sua própria maneira de agradar. E Lisboa agradara Mayol desde o momento em que pisou as ruas da Baixa e foi até o Cais do Sodré, agradou-lhe em seguida a cidade, sobretudo porque foi atingido pela rara sensação de ter estado toda a vida naquelas ruas, de ter estado sempre ali.

Tive uma sensação parecida, quatro anos atrás, quando, recém-chegado a Lisboa, onde iria passar vinte meses inesquecíveis, tive a impressão, caminhando pela rua do Ouro, de aquela ser a minha rua, desde sempre. Fiquei em Lisboa quase dois anos, trabalhando como recepcionista no Hotel Internacional, na praça do Rossio. Foi meu primeiro emprego na vida, tinha vinte anos. Nos primeiros meses, quando não estava no Internacional, dedicava-me exclusivamente a ler, ler muito e praticar a saudade, que era e é ainda um sentimento que me fascina, apesar de não saber muito bem em que consiste, porque muda ao sabor dos nossos desejos.

A verdade é que passava o dia trabalhando no Internacional e lendo nas horas vagas, até alguns meses depois da chegada, quando ter namoradas também começou a me interessar. Demorei, isso sim, alguns meses para resolver cortejar as moças. Foram os meses que precisei para me livrar do medo do mundo e das mulheres. A culpa desse medo era da excessiva proteção dada a mim pelos meus pais. Por isso deixei Sevilha e o conforto do carinho familiar. Não podia continuar desse modo, sendo a vida toda um filho protegido. Por isso deixei de ajudar meu pai no negócio de filatelia, junto à Torre do Ouro. Eu precisava ser um empregado de verdade, não um empregado de mentira a serviço de meu pai.

Poucos meses depois de chegar a Lisboa – bem ocupado com o trabalho que um parente conseguira achar para mim, enquanto me diplomava em Turismo –, comecei a superar meus problemas com o mundo, comecei a me relacionar com todo tipo de gente e a abandonar meu protetor e castrador ambiente sevilhano; comecei a ter namoradas.

Não quero falar mais de mim, apenas dizer que lembro de já menino olhar para as pessoas falando na rua e me perguntar de que estariam falando e se tinham realmente algo que dizer. Às vezes me aproximava e elas então deixavam automaticamente de conversar, era como se lhes desse pânico me ver entrando em suas conversas. Sendo já um jovem estudante de Turismo, às vezes ia aos bares com intenção de me abrir para o mundo, mas só conseguia falar com o garçom, me dê um refrigerante, e, daí a pouco, me dê outro. Tem muita gente neste mundo para se conversar, dizia minha mãe, sofrendo ao me ver tão tímido, tão fechado, falando somente com a família ou trocando frases entrecortadas com as pessoas do bairro ou com os retardados mentais que estudavam Turismo comigo. Às vezes eu via gente viajando nos transportes públicos, conversando animadamente entre si. Me perguntava aonde iriam tão zombeteiros e do que poderiam estar falando.

Levam a vida, dizia minha mãe, deixe-os em paz. Com isso, minha mãe demonstrava que, no fundo, não queria que eu me libertasse de sua tutela ferrenha. Fiz bem em sair de Sevilha, em emigrar como emigram os pássaros, em emigrar como afinal também fizeram meus pais, quando, tendo eu dez anos, deixaram Madri e foram com sua filatelia para outra parte, rumo ao sul.

Fiz bem ao ir morar em Lisboa, e depois, passados alguns meses, acredito que fiz bem ao deixar Lisboa e ir embora à procura de outros ambientes. Nesses quatro últimos anos mudei de uma timidez total para quase o contrário. É claro que pertenço ao tipo de pessoa que não se assusta diante das dificuldades. Eu, em muito pouco tempo, aprendi a me relacionar e a não ter aquele medo absurdo do mundo.

Estou satisfeito de ter me convertido numa pessoa desembaraçada. Para muitos pode parecer bobagem, mas para mim tem sido algo muito importante. Se não tivesse despertado, tenho certeza de que teria me dado muito mal. Não quero nem pensar o que seria de mim agora, se estivesse ainda vendendo selos ao lado de meu pai. Ainda bem que tive a idéia de estudar Turismo, que é uma carreira estúpida, mas é melhor que nada. Na minha família não havia orçamento para coisa melhor, e também não me queixo. Foi suficiente para eu alçar vôo, para entrar fundo na vida, que na verdade era só o que me interessava: fugir do destino de filho protegido, antecipadamente planejado em meu nome. Mas, enfim, basta de falar de mim. Às vezes surjo do que escrevo como uma serpente surge de sua pele, mas acho que me fará bem retornar aos meus abrigos de inverno, onde por enquanto estou melhor.

Pelo que pude saber, Mayol, apesar de sua longa experiência de vida, também conheceu, na devida hora, o que era ter problemas para se relacionar com desconhecidos. Quando morava em Barcelona não tinha esse problema, mas tanto no Porto quanto em Lisboa viveu dificuldades na hora de se relacionar. Em Barcelona é bem possível que não tivesse tido problema algum, já que falava sempre com amigos, familiares e conhecidos. Mas, assim que se abriu para o mundo, descobriu que não era tão sociável quanto pensava. No Porto já vimos seu fracasso, por exemplo quando tentou investigar o tipo de rastro deixado por seu cunhado Pablo naquela cidade. E em Lisboa teve as mesmas dificuldades para se relacionar com gente nova. Pareço um adolescente, chegou a pensar Mayol, envergonhado de ter descoberto sua incapacidade para se relacionar com desconhecidos e também sua incapacidade – acrescentaria eu – para começar uma vida nova fora de Barcelona.

Era assunto para se pensar. Ele, que convivera com jogadores de pôquer profissionais, com políticos amorais, com negociantes sem escrúpulos, parecia ter perdido de repente seu dom de lidar com os outros. Primeiro no Porto, depois em Lisboa, como havia acontecido comigo, quase só falava com taxistas ou garçons, sobretudo com garçons, me dê um café, e pouco depois, me dê outro, e mais tarde, agora me dê um vinho do Porto.

Começou a se perguntar se não seria conveniente encarnar, aos olhos do mundo, um profissional do pôquer, dizer que se chamava Antonio Geli, que seu apelido era o Francês, e entrar em contato com os antros do jogo em Lisboa. Poderia ser uma forma de se relacionar, começando a levar uma vida normal e comum em Lisboa. Mayol precisava de algo assim. Começara a perceber que tinha saudade da vida simples e cotidiana. E, por mais surpreendente que possa parecer, os profissionais do pôquer – ele bem o sabia – levam vidas normais, são como empregados de escritório, comparecem regularmente cada noite à mesa de jogo e só falta baterem cartão. Mayol precisava levar uma vida como todas as pessoas normais, não podia se eternizar como turista solitário. Encarnar Antonio Geli poderia ser uma boa solução. Outra, por exemplo, era ir à sede do Partido Democrata Cristão português e apresentar suas credenciais de político catalão aposentado. Seguramente lhe prestariam atenção, quem sabe não lhe abririam as portas de alguma missão interessante. E outra solução era, por que não, montar um negócio qualquer que o levasse a ter de tratar com todo tipo de gente interessada em trabalhar com ele. Enfim, estava claro para Mayol que não podia continuar daquela maneira, andando como um fantasma errante pelas ruas de Lisboa.

É verdade – digo eu – que se não tivesse sido um fantasma errante não teria conseguido descobrir, na igreja dos Jerônimos, essas duas serpentes meio dissimuladas no alto de duas colunas do coro, parecendo proteger, de sua posição elevada, os monumentos funerários de Camões e Vasco da Gama. Então há males que vêm para o bem, porque é óbvio que foi graças a toda essa solidão que ele pôde – do seu jeito, de uma maneira vulgar e até superficial mas, afinal de contas, efetiva – descobrir as duas serpentes e, levado por sua tendência para feminilizar tudo quanto o seduzia, chegar à conclusão de que Lisboa era uma serpente.

Mas também é verdade que ele não dava a menor importância a essa conclusão, sou eu quem dou. Em tempo recorde – ainda hoje, quando penso, morro de inveja –, Mayol percebera, longe de qualquer contexto cultural, uma coisa que eu, lendo e estudando sem parar, demorei uma barbaridade a perceber. Por isso suponho que dou tanto valor ao conhecimento de uma coisa tão simples quanto o fato de que a serpente é o mais antigo totem da Lusitânia, essa região ibérica que também teve em algum momento o nome de Ophiussa ou Terra da Serpente, e que hoje se chama Portugal.

Pelo que pude saber, os povos da Antigüidade que chegaram à desembocadura do Tejo tinham, sem nenhuma exceção, algo a ver com a serpente. Eva, ou talvez Lilith, sua tentadora e inimiga, foi em suas origens uma divindade fenícia relacionada com a serpente. Era também o caso das deusas helênicas Artemísia e Hécate, para não falar em Perséfone, rainha dos infernos cuja boca ou porta se encontra a poucos quilômetros de Lisboa.

Para essa porta, esse lugar tão impressionante que se chama Boca do Inferno, com seu abismo espetacular sobre o Atlântico e lugar preferido dos suicidas lisboetas, Mayol viajou de táxi no dia seguinte à sua incursão aos Jerônimos. Claro que não sabia nada sobre Perséfone, e se soubesse é bem provável que tivesse recebido a informação com gestos e palavras de estranhamento.

– Perséfone? Deus do céu, mas quem é essa tal de Perséfone?

É que, entre outras coisas, o tema da serpente não lhe interessava nem um pouco. Não tinha sido mais que uma dessas deduções passageiras que fazia quando estava só e se deixava guiar pela intuição e procurava se entreter com o pensamento. Estava mais interessado em outras coisas. Em descobrir o quanto antes pessoas novas. Ele considerava isso urgente para sua saúde mental. Tinha conhecido muitas pessoas ao longo da vida, mas nenhuma se encontrava agora ao seu lado. Precisava encontrar uma nova, precisava quase com urgência achar uma saída para sua triste andança de turista e fantasma errante pelas ruas de Lisboa.

Procurava pessoas novas quando, no ponto da praça do Rossio, subiu no táxi que haveria de conduzi-lo à Boca do Inferno. Subiu no táxi com a idéia de ir muito mais perto, de ir até a Estufa Fria, o imenso hibernáculo da cidade. Mas o caráter expansivo do taxista, que, além do mais, tinha quase a sua idade e falava um português lento e compreensível, o levou a pensar, em poucos minutos, numa mudança de rumo, numa viagem mais longa de táxi que lhe permitisse conversar com alguém, sair de seu isolamento, sentindo-se acompanhado durante um tempo.

– Sabe de uma coisa? Nada de ir à Estufa Fria, deixo isso para outra hora – disse Mayol, quando acabavam de entrar na avenida da Liberdade. – Gostaria de sair da cidade, ver os arredores de Lisboa. Para onde acha que poderíamos ir?

O motorista propôs então tomar a avenida marginal, a estrada da costa. Desdobrou um mapa amassado e mostrou-lhe a via até Estoril, Cascais, Boca do Inferno, e um caminho de volta pela estrada de Sintra.

Deste itinerário Mayol reteve sobretudo um nome que nunca ouvira antes, o da Boca do Inferno.

– Pois vamos em frente – disse Mayol –, não é preciso dizer mais nada. Vamos até a Boca do Inferno. Que nome, hem? Sabe o que acho bom nos táxis de Lisboa? – Mayol sentia-se eufórico, com vontade de conversar. – Que não usam rádio. Ao menos todos os que tomei até agora não usavam. Acredite, para mim, que venho de Barcelona, isso é uma bênção do céu.

– De que céu? – perguntou o taxista. Essa pergunta um tanto fora de lugar, desconcertante, foi o ponto de partida para uma conversa em torno do cristianismo, uma breve conversa, toda ela estranha, e que só pretendia, por parte do motorista, desembocar numa soturna reflexão sobre a velhice.

Para chegar a essa reflexão, o taxista começou fazendo uma declaração extravagante; definiu-se como um pagão convicto.

– Cheguei a um momento da vida – disse-lhe, entre outras coisas – em que preciso rezar. Por isso inventei-me uns deuses e rezo para eles.

O taxista contou que suas orações não se concretizavam com palavras, nem se ajoelhando, mas ficando sentado e imóvel – num ponto de táxi, por exemplo –, rezando a seus deuses. E tudo isso foi dito por ele num tom empolado e pedante, como se quisesse passar por uma pessoa interessante, como se tentasse mostrar a Mayol que era mais do que um simples taxista.

– Bem – disse Mayol, já não tão convencido quanto à conveniência de viajar com aquele homem –, eu faço algo parecido, só que sou católico e acredito num só Deus. Mas, claro, eu também não me ajoelho para rezar. Acredito que nisso nós dois nos parecemos.

– Sobretudo nos parecemos porque somos velhos.

Essa frase inaugurou a soturna reflexão, por parte do taxista, a propósito dos benefícios e desventuras que a velhice acarreta. Mayol sentiu um certo mal-estar. Não se considerava exatamente um velho e, ainda por cima, achava horrível a solidariedade entre anciãos. Respondendo com monossílabos, em longa resistência passiva, conseguiu finalmente que a conversa sobre a passagem do tempo morresse por si só. Depois de alguns minutos de silêncio, o taxista quis voltar ao tema da velhice e Mayol desviou a conversa, perguntando o que era Boca do Inferno.

– Estoril, Cascais... – disse Mayol. – Já estive nesses lugares, mas não lembro de quase nada, faz trinta anos. O que é, na verdade, Boca do Inferno? Lá, que eu saiba, não estive nunca.

– Não sei – disse o chofer –, não saberia como explicar. – Pelo tom da voz tão soturno quanto empolado, Mayol percebeu que iria explicar de cabo a rabo. – Bom, olhe, tem um abismo impressionante sobre o mar. O que mais? No inverno as ondas rugem com força, empurradas pelo vento do Atlântico. Elas se chocam com força terrível contra as rochas. Tem fama de ser um lugar de suicidas. Mas não se assuste. Nesta época do ano, o que vai ver são famílias, turistas... Existe uma pousada agradável, recomendo-a...

Mayol pensou que não perguntaria mais nada àquele homem tão chato, que começava a impacientá-lo. Sua maneira de falar era irritante, tinha o tom plúmbeo e pedante desses homens que acreditam poder falar de qualquer assunto. Mas calar, sem perguntar mais nada, não lhe parecia uma solução. Aquele taxista gostava muito de escutar a si próprio e, de quebra, demonstrar que era mais do que um motorista. Começou a dissertar, sem ninguém ter lhe perguntado nada, sobre como eram as tormentas atlânticas que no inverno escureciam aquela estrada litorânea pela qual avançavam agora. O pior foi quando o taxista resolveu retomar o tema do paganismo e do cristianismo.

– Quando eu era católico – disse –, ficava muito nervoso com as histórias dos mártires cristãos, sobretudo daqueles que morriam devorados pelos leões. Até que um dia, estando na Bolsa... Não lhe disse, verdade? Durante muitos anos fui um importante operador da Bolsa. Não pense que fui sempre um motorista... Ficava nervoso com as histórias sobre mártires, até que um dia pensei...

– O senhor de fato é – interrompeu Mayol – um amável companheiro de viagem, mas agora pediria-lhe um pouco de silêncio, gostaria de me concentrar na paisagem.

Conseguiu fazê-lo calar durante um bom tempo, mas entre Estoril e Cascais a voz do taxista reapareceu, ligeiramente dolorida:

– Posso lhe fazer uma pergunta? O senhor me disse que vem de Barcelona. Me diga, os catalães são espanhóis?

– São catalães.

– O senhor não gosta da Espanha. Já posso ver... O senhor não gosta nem um pouco, eu também não, sobretudo de Castilla, León. Não gosto nada da Espanha. Olhe, meu sobrenome é Cardoso, não posso me sentir mais orgulhoso de me chamar como me chamo. Não poderia estar mais contente de ser um português. Compreende?

– Não – disse Mayol.

– Não? Agora vai me entender, é bem fácil. Eu, todos os domingos, quando não trabalho, gasto o tempo a passear e sento-me num daqueles bancos, num daqueles assentos públicos que o município pôs à disposição dos cidadãos. Ali fico a olhar para o mar. Sabe por que me sinto tão bem, sentado num daqueles bancos estupendos?

– Não – disse Mayol.

– Não o quê? O senhor não viu os bancos?

– Não, não sei – disse Mayol com fastio – por que o senhor se sente tão bem sentado diante do mar. Não sei nem me interessa.

– Interessa sim. Eu me sento num daqueles bancos, olho para a linha do horizonte e me sinto feliz porque estou sentado de costas para a Espanha. O que acha?

– Uma solene bobagem – disse Mayol.

– O senhor me desculpe, mas observando sua reação tenho que lhe dizer mais uma coisa. Eu não gostaria nada de ser catalão. Sou português, sei que me chamo Cardoso, sei quem eu sou, sei que sou um homem que se senta de costas para a Espanha, sei que morrerei na Madeira, onde nasci. Vê? Sei até onde vou morrer. O senhor, ao contrário, me parece não saber se é catalão ou espanhol. Não é verdade que não sabe exatamente? Com sinceridade, eu não gostaria de estar no seu lugar.

Mayol, a essa altura da viagem, sentia-se aborrecido consigo mesmo por não ter percebido a tempo que aquele homem era um chato. Fez um esforço enorme para não escutar mais e tentou abstrair, concentrando-se na visão da paisagem litorânea. Imaginou que o táxi tinha rádio – quem ia dizer que acabaria desejando que o carro tivesse um rádio? – e que estava sonhando com um agradável fado.

De repente, ao parar num sinal da avenida marginal, aconteceu uma coisa que, talvez pelo trágico e inesperado, acabou sendo muito inquietante para Mayol. O taxista, naquele momento empenhado numa insuportável digressão sobre os males físicos acarretados pela chegada da velhice, parou de falar subitamente e, inclinando-se para a frente, socou duas vezes a direção, deixando escapar um estranho suspiro dramático, e pediu, em boz baixa, quase ininteligível, perdão a Mayol por todos os seus desvarios.

– Me perdoe – disse Cardoso –, mas ultimamente estou mal, tenho grandes problemas.

Mayol duvidou se tinha ouvido bem. Inclinou-se ele também para a frente, sentia-se desconcertado.

– Grandes problemas?

– Meu irmão – murmurou o taxista. E estancou, fechado num misterioso silêncio que Mayol preferiu não romper, por temor de novas perorações. Viajaram longo tempo sem falar e Mayol aproveitou a intrigante calma para pensar que, tendo se queixado de nada de importante ou de interessante lhe ter acontecido nessa viagem ao estrangeiro, na verdade foi só começar a lhe acontecer algo de romanesco que ele logo se deparou com o paradoxo de preferir continuar como estava antes, ou seja, sem que nada relevante lhe acontecesse.

Aquele taxista continuava incomodando Mayol, mas ele percebeu, ao mesmo tempo, que lhe nascera uma ponta de curiosidade em saber que espécie de problemas amarguravam a condução do táxi e de sua vida. Mas esse nascimento da curiosidade – isso que também poderia ser chamado de "tentar saber quem é o outro" – permanecia reprimido, pelo medo de Cardoso iniciar uma nova explicação enfadonha, embora a curiosidade continuasse ali, avançando no mesmo ritmo com que o táxi se dirigia para a Boca do Inferno, numa velocidade – tudo deve ser dito – cada vez menos moderada.

De repente, ao dobrar uma curva com rapidez, apareceu junto à estrada litorânea uma belíssima mansão com ar aristocrático. Não foi necessário que Mayol perguntasse nada, o taxista recuperou a palavra.

– O senhor acaba de ver, como num sonho – disse Cardoso, ensaiando um tom poético –, a biblioteca dos condes de Castro Guimarães. Trabalhei aí durante um ano. Porque, por incrível que pareça, já fui bibliotecário.

Mayol não sabia se devia dizer alguma coisa ou não, quando o taxista suspirou como fizera uns minutos antes e declarou que na verdade nunca havia sido bibliotecário, mas que, isso sim, teria gostado muito de ser.

–Tenho problemas – disse Cardoso –, sempre que passo por essa casa eu a vejo como um lugar de sonhos, a biblioteca onde teria gostado de trabalhar. Mas como a realidade é diferente daquilo que sonhamos! Também nunca fui operador da Bolsa. Toda a vida fui um simples taxista. Já disse, tenho problemas. Também tenho problemas com um irmão. Enfim, juro que não o incomodarei mais.

Diminuiu a velocidade excessiva que mantinha, tentando se acalmar. Mas sem demora, quando surgiu no horizonte o farol de Cascais, tornou a ficar nervoso e acelerou um pouco. Passaram junto do farol e da mansão senhorial vizinha.

– Santa Marta – disse o taxista –, essa casa que acabamos de ver como num sonho é a casa de uns banqueiros, há de ter ouvido falar neles, os Espírito Santo. São os Kennedy portugueses, formam um clã familiar, a casa se chama Santa Marta, eu gostaria de ser o proprietário...

O taxista era incorrigível, continuou uma nova e confusa peroração até que chegaram à Boca do Inferno, onde estacionaram o carro junto da estrada.

– Eu espero aqui – disse o taxista, convidando Mayol a descer para ver o espetáculo.

– Me acompanhe – disse Mayol.

A curiosidade de saber quem é o outro, saber quem era aquele taxista e que problemas enfrentava, superara tudo o mais. Ambos desceram do carro e, avançando lentamente – Mayol descobriu que Cardoso era manco –, encaminharam-se para a Boca do Inferno, na verdade uma extraordinária garganta de rochas cortantes, perfurada pelas ondas. No inverno – assegurou Cardoso –, por causa da espuma e do barulho que se levantava naquele lugar, Boca do Inferno era um cenário sem dúvida impressionante.

– O vento do sudoeste sopra muito forte, o Atlântico ruge e é um lugar que chega até a dar medo – disse Cardoso, do alto da escarpa, a uns sessenta metros de altura.

Mayol imaginou facilmente aquele lugar no inverno. Devia ser um lugar imponente e muito adequado para se despedir da vida. O que não podia imaginar de maneira alguma era que o motorista considerava naquele momento a possibilidade de simular que dizia adeus à vida, daquela paisagem infernal sem dúvida povoada de serpentes, já que estas gostam muito da proximidade dos vulcões, das orlas dos bosques e, sobretudo, das cavernas. E a Boca do Inferno tinha algo de grande caverna marinha. Mayol não podia de jeito nenhum – como é lógico, por outro lado – imaginar que naquele ninho de serpentes o taxista procurava simular seu adeus à vida. Mayol suspeitou – e suspeitou bastante – que os problemas do taxista podiam ter uma natureza semelhante à dos seus, mas não ao ponto de imaginar que o homem estivesse planejando transformá-lo em cúmplice de um simulacro de suicídio. Não podia imaginar nada disso quando iniciaram uma tranqüila conversa no mirante da lanchonete, e Mayol decidiu desabafar um pouco, contando a Cardoso seus problemas com a mulher e com os filhos – deteve-se especialmente na cafonice intelectual de Julián, o oriundo da Atlântida, o insuportável pintor de portos metafísicos –, contando-lhe também das lembranças que restavam da viagem feita trinta anos antes a Estoril e Cascais, com a família de seu cunhado Pablo, cujo único filho possuía uma cadeia de tinturarias na Madeira – "Talvez você o conheça", disse ao taxista, que era nascido na ilha onde havia planejado morrer –, um sobrinho que também se chama Pablo e a quem estivera a ponto de encontrar – Mayol não sabia até que ponto, não sabia que inclusive já o tinha visto – no Porto havia apenas dois dias.

Com o terceiro vinho do Porto que tomaram juntos, o taxista recuperou a eloqüência, na verdade há algum tempo já aguardava que Mayol se calasse para poder colocar em primeiro plano sua tragédia pessoal, basicamente centrada em sonhos frustrados, mas, sobretudo, girando em torno da figura do irmão.

Cardoso explicou que enviuvara duas vezes, as duas filhas tinham morrido em circunstâncias trágicas e que, fazia alguns meses, morava com Fernando, seu único irmão, na rua Açores, em Lisboa. Nos últimos tempos, explicou, o irmão havia começado a ter a sensação de que iria ficar sozinho.

– Ele pensa – disse Cardoso – que estou doente e vou morrer. Não sei explicar como o Fernando deu para pensar nisso. Eu digo a ele que, assim que perceber qualquer doença em mim, vou falar, porque viajarei à Madeira para morrer. Mas ele insiste no fato de que já me vê doente. Acho que se tornou um homem de maus sentimentos.

"Um homem de maus sentimentos", repetiu Cardoso outras duas vezes. Depois veio dizer que era como se o irmão tivesse descoberto que a depressão era uma maneira formidável de se entreter, e também chegou a dizer que cada olhar de carinho do irmão abrigava um pensamento assassino.

– Instalou-se em seus olhos de serpente venenosa – disse mais ou menos Cardoso –, no fundo de seus olhos fraternos, meu assassinato mental. Talvez porque seja próprio dos velhos a necessidade de se dizer a verdade. E ele acredita, está certo de que vou morrer logo. É horrível. Não se pode viver assim, acredite, não se pode conviver com um irmão que só tem sentimentos ruins a respeito da gente. Não posso continuar vivendo assim... Por isso pensei que o senhor poderia me fazer um favor e telefonar-lhe daqui, da Boca do Inferno, dizendo que acabei de me lançar no vazio, que me joguei no Atlântico do alto do precipício. Será minha vingança. Por um momento o farei feliz e depois reaparecerei em sua casa e continuarei morando com ele, mas como se já estivesse morto. Talvez assim, se pensar que eu morri, mesmo permanecendo ali, não continuará pensando que vou morrer.

– Complicado demais – disse um Mayol aterrorizado.

– O que é complicado demais? Só precisa um telefonema.

– Complicado demais e, além disso, é absurdo acreditar que seu irmão, por mais louco que seja, vá pensar, ao vê-lo de volta, que você é um fantasma. Não vale a pena incomodar-me pedindo que faça essa chamada.

Com essas palavras, evidentemente, Mayol tentava driblar o temporal; só pensava agora em como se livrar daquele taxista. Achou uma solução alguns minutos depois. Pareceu-lhe melhor dizer que tudo bem, iria até o interior da lanchonete telefonar. Uma vez ali, empreenderia a fuga a pé pela estrada. Iria até Cascais, não ficava tão longe, e tomaria um táxi de volta a Lisboa.

– Tudo bem – disse Mayol, pondo seu plano em ação –, você me convenceu.

– Do quê?

Que homem estúpido, pensou Mayol, constatando novamente o fato de que é melhor estar só do que em má e inútil companhia: um pensamento, no fundo, idêntico – sem que, obviamente, Mayol o soubesse – ao formulado por Montaigne quando falou nas viagens durante a velhice.

– Como do quê? Do que pode ser? Você me espera aqui no mirante. Me dê o número do telefone de seu irmão, que vou ligar.

Cardoso lhe deu o número, pediu que fosse contundente e cruel com o irmão.

– Direi – falou Mayol – que fui seu último cliente e que o perdi de vista quando se atirou ao vazio na Boca do Inferno. Vou lhe dar os pêsames e desligo.

– Diga-lhe que minhas últimas palavras foram pensando nele, conte-lhe que o acusei de ser um irmão de sentimentos ruins.

Mayol levantou-se e disse:

– Você fique aqui, eu volto já.

Eu também tenho sentimentos ruins, pensou. Não só ia fugir como também não ia pagar o táxi. Poderia deixar o dinheiro com algum garçom, mas não confiava em ninguém. Entrou na lanchonete e saiu por uma porta lateral, empreendendo a fuga na máxima velocidade possível, não podia perder nem um segundo do seu tempo. Pouco depois, escutou uns berros. Era Cardoso, que intuíra na última hora a possível fuga de Mayol e havia começado a perseguição. Mas sua perna manca e a vantagem ganha por Mayol eram sérios inconvenientes para alcançar o cliente fugido.

– Volte – gritava o taxista, desesperado –, volte imediatamente.

De repente os gritos cessaram. Mayol olhou para trás e viu o taxista caído e um casal de idade tentando ajudá-lo sem sucesso. De qualquer jeito, morreu, chegou a pensar um Mayol impiedoso. Em contraste com a atitude do casal de idade, alguns jovens perto do lugar do incidente riam da queda. Mayol não quis perder tempo refletindo sobre as diferentes formas, segundo a idade, de reação diante das quedas cômicas dos velhos. Transformado basicamente num homem de sentimentos ruins, Mayol apressou o passo. Ou ele ou eu, pensava. E cada vez andava mais depressa. De qualquer jeito, morreu, dizia a si mesmo volta e meia. Algum tempo depois, um pouco extenuado, atingia o povoado de Cascais e se perdia pelas ruas. Entrou num bar para se refazer e pediu um porto. Os quatro clientes que havia no local olharam-no de cima a baixo. Quando terminou de beber o vinho, Mayol observou-os com insolência, também de cima a baixo. Pediu mais um porto. Ocorreu-lhe que todos sabiam perfeitamente quem ele era – o assassino de taxistas da avenida marginal – e não tardariam a denunciá-lo. Sou capaz de imaginar cada coisa!, disse a si mesmo Mayol. Quase beiram o absurdo, pensou. Finalmente, falou com o dono do bar e pediu um táxi. Um dos clientes levantou a cabeça, como se tivesse cruzado sua mente a certeza de que Mayol estava disposto a matar outro taxista; em seguida, voltou a baixar a cabeça, desinteressado pelo crime. Mayol voltou à sua mesa, esperando. Teve uma idéia extravagante: ganhar peso, durante a noite, somente dormindo e sonhando. Entreteve-se um bom tempo tentando entender por que lhe ocorrera semelhante idéia. Sou capaz de imaginar cada coisa!, voltou a se dizer. Quando o táxi chegou, decidiu que sua idéia de ganhar peso durante a noite estava simplesmente relacionada com o cansaço e a vontade de deitar o quanto antes.

Um táxi, guiado por um jovem afortunadamente taciturno, o trouxe de volta, pela misteriosa e bela estrada de Sintra a Lisboa, ao Hotel Tívoli, onde uma vez no quarto, em pleno entardecer, tombou na cama e ligou a televisão. Sem prestar atenção ao que surgia na tela, dedicou-se a imaginar a cena do assassinato de um taxista taciturno na estrada de Sintra. O cliente pedia que o carro parasse para poder tomar um momento de ar fresco e ver com calma a paisagem. O táxi parava num lugar do qual podia se observar de longe a beleza rotunda e serena do Convento dos Capuchos. Num determinado instante, o cliente agarrava um pedregulho de proporções notáveis e atacava o surpreso taxista taciturno, derrubando-o primeiro e depois esmagando-lhe a cabeça numa curva sangrenta da estrada de Sintra.

Crime sem motivo, disse a si mesmo Mayol, e sorriu. Depois, afastou a imagem assassina e lançou um olhar fugaz à televisão. Anunciavam uma bebida refrescante, a paisagem parecia caribenha. Ao contemplar os ensolarados troncos das árvores, foi se acendendo dentro dele um calor que o pôs em contato de novo com o mundo, trazendo-o de volta à realidade. Então, em parte para não se deixar levar por remorso algum, evocou a figura de Cardoso e viu-a como a mais patética já vista em sua vida. Precisava vê-lo dessa forma. Pensou que aquele homem era o tipo de velho com o qual não gostaria nada de se parecer. No entanto, era justo reconhecer que os dois tinham alguns pontos em comum. A pessoa com quem conviviam, por exemplo, lhes desejava a morte. Nisso ficava claro que ambos se pareciam muito. E talvez também se parecessem porque os dois sentiam-se insatisfeitos com muitas coisas no final de suas vidas. Mayol especulou então, aterrorizado: E se quando falo de certos assuntos eu provoco a mesma deplorável impressão que o desgraçado do Cardoso?

Largado ali, no quarto do Hotel Tívoli de Lisboa, decidiu que a partir de então faria todo o possível para não se parecer em nada, absolutamente nada, com o taxista. Teria de enfrentar a vida a sua frente com a mesma ilusão e curiosidade dos jovens mais intrépidos. Teria de fugir de qualquer sentimento de frustração. Ser, enfim, o reverso da medalha da personalidade infame daquele taxista.

– Plano para hoje e para o resto de meus dias – disse em voz alta Mayol, eufórico de repente na solidão de seu quarto: – Ser o mais diferente possível do desgraçado do Cardoso.

Por exemplo, pensou, se a guerra civil interrompeu meus estudos e isso marcou minha vida, o melhor que posso fazer agora é não me preocupar mais, e menos ainda sonhar que fui bibliotecário, uma das inclinações mais penosas do taxista. Por exemplo, o melhor que posso fazer é fugir do palavrório tolo e soturno do taxista, sobretudo desse discurso oco sobre a velhice, um discurso que não leva a lugar nenhum, a não ser ao ressentimento e à condição de velho que só enxerga velhos. Por exemplo, em lugar de me sentir aflito e humilhado porque minha mulher me quer morto, o melhor que posso fazer é procurar uma que me queira vivo, e me juntar a ela. Por exemplo...

Baixou o volume da televisão para poder pensar melhor; sentia-se satisfeito por ter recuperado com força absoluta a alegria de viver, sentia-se satisfeito de ter aventado a possibilidade de se transformar numa pessoa sem complexos e muito melhor do que era. Na solidão de seu quarto de hotel, pôs-se a assobiar uma *habanera*, como se o absurdo da música acabasse de uma vez por todas com qualquer tentação de retorno ao desalento. Perguntou a si próprio: Se estivesse no meu lugar, tombado nesta cama, o que teria feito o maldito taxista? Chegou à conclusão de que o tonto do Cardoso teria respirado profundamente para evitar a euforia que o ameaçava.

Arrumarei uma mulher, pensou, que se pareça com essa que vi de luto fechado no bairro da Ribeira. Arrumarei uma mulher assim e irei morar com ela. Não vou me resignar a que uma figura anônima e fugaz por quem me apaixone seja somente isso, uma figura anônima e fugaz. Irei atrás dela e farei com que também sinta por mim a paixão mais desmedida...

No quarto ao lado, uma menina – ou seria um menino? – tossia profundamente. Seu peito devia doer muito, porque chorava suavemente, talvez em sonhos, e ofegava. Mayol sentiu uma repentina meiguice e compaixão por aquela criatura. O relógio da igreja vizinha deu uma hora exata. A criança tornou a tossir, logo chamou a mãe repetidas vezes. Mayol, sentindo curiosidade pelo que acontecia no quarto ao lado, adormeceu.

Foi acordado, uma hora depois, pela patética tosse da menina. Sem querer, olhou para a televisão e viu uma minhoca partida ao meio retorcendo-se num sulco recém-arado. Instintivamente –

pensando, talvez, ser aquela minhoca uma reencarnação do taxista –, querendo fugir o mais rápido possível do horror daquela aparição indesejada, mudou de canal. Então, quando apareceu na tela uma apresentadora parecida com Bette Davis, quis saber o que a mulher dizia e aumentou o volume da televisão.

Aproximadamente, pelo que pude saber, Mayol acreditou escutar algo mais ou menos próximo a isto (embora dito seguramente de forma mais simplificada): "Era um homem já velho, para quem o tempo passava com lentidão e facilidade".

Isso disse a sósia de Bette Davis, e Mayol ficou instigado com essas palavras, parecia que falavam dele. Depois a apresentadora acrescentou: "O homem assistia, dia após dia, um gotejar de horas desprovidas de sentido. Somente a teimosia de seu espírito lhe proporcionava a força suficiente para não se dar por vencido".

Mayol teve a sensação de que a sósia de Bette Davis introduzira-se em seu quarto do hotel para comentar à queima-roupa a situação exata em que se encontrava, naquele momento, sua vida de viajante sem rumo. Que grande acerto, pensou Mayol, dizer que o tempo passa com lentidão e facilidade. É exatamente o que está me acontecendo desde que saí de viagem.

Depois pensou: Acertou em tudo. A não ser pelo susto da excursão estúpida com o taxista, a lentidão e a facilidade parecem dominar todos os meus movimentos de homem que assiste a um gotejamento de horas felizmente desprovidas de sentido.

Aquilo sim era um verdadeiro luxo. Bette Davis, na televisão portuguesa, falava dele. O que mais podia pedir? Acaso as coisas não eram assim? Acaso estava enganando a si próprio? Então, pensou Mayol, é justo reconhecer que ao menos não me falta talento para vencer a chateação.

Apressou-se em decidir se a sósia de Bette Davis falara sobre ele ou se tudo tinha sido um expediente seu para não se aborrecer. Decidiu rapidamente que, sem dúvida nenhuma, acabara de ouvir na televisão uma piscadela afortunada do destino. Alguém lhe mandava sinais, mensagens através da pequena tela, com instruções muito precisas, embora ditas de forma velada, para que ele pudesse de uma vez por todas orientar sua vida, lenta e fácil, em direção favorável.

Justo no momento em que decidiu permanecer atento às instruções dadas pela televisão, a mulher parecida com Bette Davis desapareceu de repente e entraram na tela uns anúncios antipáticos sobre petiscos crocantes para adolescentes. Mayol fez uma careta de contrariedade e mudou de canal. Entrou diretamente na seqüência final de um filme em que chovia muito e uma mulher se despedia com tristeza de um jovem elegante que ia embora rápido e indiferente sob a chuva. Mayol questionou se esta cena poderia trazer-lhe alguma nova mensagem. Não, ali não podia ter nada. Mudou de canal.

Apareceu um velho de cabelo encaracolado, que dizia: "Quem pode se aborrecer neste mundo? Imagino que exista gente tão idiota a ponto de se aborrecer, mas esse não é o meu caso. Estou memorizando um livro".

Há pouquíssimo tempo, não tinha ele mesmo dito que lhe sobrava talento para vencer a chateação? As palavras do velho de cabelo encaracolado não podiam ser senão uma confirmação do incrível contato entre a televisão e seus pensamentos.

O velho de cabelo encaracolado deu lugar a um jovem barbudo que fumava cachimbo. Mayol então compreendeu que presenciava a sinopse de um programa provavelmente cultural. O jovem barbudo disse: "Estou apaixonado pela melancolia alheia".

O tom pedante daquele fumador de cachimbo tirou Mayol do sério, lembrou-lhe o filho Julián, por exemplo quando empolava a voz e contava pela enésima vez que desmaiava ao ver peixes mortos.

Não havia, para Mayol, nada mais enfadonho no mundo do que ouvir o filho dizendo bobagens descomunais como aquela; bobagens, além de tudo, pretensamente originais. Incomodado, irritado também com o jovem fumador de cachimbo, Mayol decidiu mudar de canal, e foi então que apareceu na tela um título que não o deixou indiferente: SINTONIZE A CULTURA.

Devo deixar passar essa recomendação?, perguntou-se Mayol, vítima de uma dúvida inesperada. Por precaução, optou por não mudar de canal.

A atualidade cultural do dia em Portugal, anunciou uma voz em *off*. Mayol abriu bem os olhos, sem saber por que o fazia, e acabou assistindo ao programa inteiro; sintonizou a cultura.

Pelo que pude saber, a primeira reportagem daquele programa era dedicada a um pintor espanhol, cuja identidade não consegui descobrir. Sei apenas que Mayol o escutou afirmando ser o caráter de Madri completamente oposto ao de Lisboa, escutou-o dizendo mais ou menos – porque Mayol não se lembrava exatamente de suas palavras – as seguintes frases: "A capital da Espanha é uma cidade central, enquanto Lisboa é uma *finisterra.* Madri é uma cidade mais imóvel, digamos mais firme. Tem possivelmente esse fascínio. Lisboa, ao contrário, tem outro tipo de encanto, o da precariedade, pois chegando nela nunca sabemos se é o fim de uma viagem ou seu ponto de partida".

A identidade daquele pintor e suas palavras exatas eu as ignoro, mas não acho que seja muito importante. Importa muito mais, acredito, conhecer a estranha reação de Mayol quando escutou falarem de Madri. Cidade de esbirros, pensou imediatamente, só merece meu desprezo, Barcelona é muito melhor.

Até aqui, nada especialmente estranho; é lógico que Mayol pensasse em sua cidade. Mas já não é tão normal, ao evocar Barcelona, que durante intermináveis segundos não fosse capaz de se lembrar de nada do que havia deixado nela, a não ser – e aí vem o estranho – a música de uma sardana que em criança vira ser dançada diante da catedral. E, se era estranho lembrar unicamente uma sardana e mais nada, não é porque todas as demais imagens de suas lembranças tivessem se volatilizado, mas porque não sentia um apreço especial por aquela sardana, nem por sardanas em geral. Gostava muito mais, por exemplo, de Yves Montand. Na verdade, odiava sardanas, qualquer sardana. Não existe nenhum nacionalista catalão perfeito. Adorava Charles Trenet, Maurice Chevalier e Gilbert Bécaud. O tamboril das sardanas, por exemplo, era um instrumento musical que lhe causava horror.

Por isso foi tão estranho sumirem de sua tão amada cidade de Barcelona, durante alguns eternos segundos, todas as lembranças, restando só, única e exclusivamente, o eco de uma sardana, a única coisa que não suportava de sua querida pátria.

Quando, passados os segundos iniciais de estupor e amnésia, entraram por fim em sua mente imagens nostálgicas da cidade – sua mulher, por exemplo, dizendo-lhe que precisava viver a vida, o filho mais velho em crise, a filha em penoso adultério, o filho mais novo pintando portos metafísicos, as Ramblas, o fuzilamento do presidente Companys no castelo de Montjuïc, a Vila Olímpica, a avenida de Icaria, a tediosa e senil roda do clube, o cemitério do Leste, seus pais mortos –, respirou com alívio. O que aconteceu?

Provavelmente nada de alarmante, podia acontecer com qualquer mortal. Sua memória nostálgica ficara bloqueada durante alguns segundos por causa de uma estranha sardana, isso foi tudo. Outros padecem de uma dor de cabeça brutal a cada cinco anos e ninguém irá dizer que são viciados em enxaqueca. Talvez toda a culpa viesse da solidão, porque às vezes a solidão é só isso: um quarto de hotel no estrangeiro, uma pessoa largada sobre uma cama e a música de uma estranha sardana.

Tranqüilizou-se quando recuperou a memória quase completa de sua querida Barcelona, mas, como notou seus olhos úmidos, decidiu dar uma guinada e deixar de lado a nostalgia, concentrando-se no programa cultural português. O personagem na segunda matéria era o velho de cabelo encaracolado que vira fugazmente na sinopse. Aí não teve dúvida, tratava-se de Manuel da Cunha, o respeitado escritor da Madeira. A não ser o fato de que estava memorizando um livro, na reportagem não havia nenhuma frase memorável, mas na entrevista apareciam, em discretos segundos planos, belíssimas vistas da ilha da Madeira.

Sem Mayol ter consciência alguma disto, sua vida começou a se articular segundo a curva dantesca da viagem para o Bem. O Bem, neste caso, acabava de penetrá-lo, pela mão da repentina sintonia com a cultura e pela súbita curiosidade por ver mais paisagens da Madeira, assim continuando a descer em sua lenta viagem vertical para o sul.

Não pensou duas vezes. Prometeu-se que no dia seguinte, sem falta, compraria uma passagem de avião para a Madeira. Iria comprá-la mesmo que apenas para ser fiel às insinuações da televisão. E também para agir de maneira perversa, talvez um pouco infantil, à guisa de sutil vingança contra aquele taxista que lhe havia desbaratado o dia. Compraria aquela passagem mesmo que fosse só pela ingênua maldade de se adiantar a Cardoso na viagem pessoal e sagrada que este projetara com o intuito de morrer em sua terra natal.

A terceira e última reportagem, centrada na figura de um arquiteto italiano – o insuportável jovem barbudo que fumava cachimbo, tampouco consegui saber quem era –, punha em dúvida que Lisboa fosse uma cidade branca e, mais ou menos, dizia ser o branco, no mínimo, enigmático, porque Lisboa era uma cidade de colinas, o que tornava o branco muito ambíguo e, na verdade, mutável a todo momento, porque nas colinas o sol se escondia e se alterava, e isso o levava a pensar que a cor real de Lisboa era o mitológico azul, o azul atlântico.

Agora só lhe restava dizer que Lisboa era airosa em seu serpentear e que era uma cidade inquietante, onde uma pessoa nunca sabe se está no fim de uma viagem ou em seu ponto de partida. Agora só lhe restava dizer que Lisboa era uma cidade que às vezes parecia surgir como uma serpente surge de sua pele. Mas isso é melhor que o diga eu de mim mesmo, que às vezes tenho a impressão de surgir daquilo que escrevi, como uma serpente surge de sua pele, aqui nesta ilha de palmeiras e eternidade, onde todos os dias mergulho em tinta minha pena e onde o tempo, em seu teatro armado sobre a calma e o pouco vento, também para mim passa lento e fácil, porque a vida aqui é fácil, e meu relógio muito lento, e também, inútil negar, porque sou somente um principiante, o principiante mais lento.

A derrota nunca é só derrota

A descida seduz / como seduziu a subida./ Nunca
a derrota é só derrota, pois / o mundo que ela abre é
sempre uma parada / antes / insuspeitada.

William Carlos Williams, *A descida*

Porto Metafísico

Franz Kafka escreveu que se sentia como alguém que tivesse cometido um erro fundamental em sua vida mas não sabia qual. Penso que poderia se dizer de Mayol, viajando de avião para a Madeira, algo muito parecido mas que, na verdade, é bem diferente: ele acabava de chegar ao acerto fundamental de sua vida, só não o sabia, nem sequer suspeitava; talvez esse o motivo dele se perguntar, surpreendido, por que fora de repente, em pleno vôo, invadido por tanta euforia. Pareço um estúpido, chegou a pensar, preocupado. Véus de nuvens passavam em rajadas diante da janela do avião e ele mal continha um riso estranho, de origem desconhecida.

Quer saber de onde vinha?, diria eu a Mayol agora, se ele estivesse aqui comigo. Em parte a euforia o invadiu porque existe um vínculo entre o vôo e a infância. Há alguma coisa de infantil no ato de voar, que é algo muito sério mas também com uma ponta infantil. Em que sentido, você vai perguntar. No da liberdade, suponho. Mas acho que é sobretudo uma questão de clima. Tenho amigos pilotos, aqui na Madeira, e alguns são já quase anciãos, e no entanto conservam um clima de infância... Em parte a euforia o invadiu por isso, pelo vínculo entre vôo e infância. E em parte também porque você, Mayol, sem sequer intuir, mas agindo como se intuísse, voava para uma ilha na qual não demoraria nada a recuperar a infância e a primeira juventude. De fato, já em pleno vôo, anulando o passar do tempo, você começou a se conectar com o dia em que a guerra civil lhe fechou as portas da escola para sempre. Você mesmo me disse enxergar véus de nuvens passando em rajadas e que então vieram à sua memória as lembranças dos últimos dias escolares. Você não sabia era que tais lembranças consistiam num aperitivo do que lhe esperava na ilha: o assassinato da frustração fundamental de sua vida. Mas isso você nem intuía, só percebia que, sem qualquer motivo, começava a rir.

Isso diria eu a Mayol, se ele estivesse aqui comigo.

Já comentei que voar é muito sério, mas que também tem alguma coisa de infantil. Quando chegou para o avião a hora decisiva da descida, Mayol ficou de repente terrivelmente sério e acho que esse ricto súbito tinha um componente infantil. Mayol olhou um pouco amedrontado pela janela do avião, e o que até então lhe parecera um conjunto de pequenos pedregulhos trágicos, perdidos na imensa solidão do azul atlântico do oceano, converteu-se num lugar de insuspeita beleza, de tamanha beleza que até a considerou esmagadora, sobretudo quando viu o norte da ilha da Madeira, onde se enfileirava uma delicada, quase inacreditável, escrita de espuma em volta das impressionantes escarpas.

Que estranha é a memória, e que estranho é tudo, mas sobretudo a memória. A visão daquelas escarpas levou-o até os dias estranhos e lentos do último verão de sua infância, aqueles dias quando gostava tanto da calma, da sombra dos castanheiros e da brisa que balançava as cortinas e venezianas da casa de veraneio dos pais, aquela torre ou ilha afortunada – primeiro paraíso a afundar em sua vida –, para a qual sempre pensou que seria impossível voltar.

E como são estranhas as lembranças quando, além do mais, são inventadas. A memória verdadeira da torre de verão dos pobres pais foi recoberta, em algum enigmático túnel cerebral, por uma falsa lembrança, tão improvável quanto inventada, mas da qual sentiu necessidade naquele momento. Enquanto o avião descia lentamente, inventou para si mesmo, com crueldade, a lembrança da infância que teria desejado para o odioso Julián da Atlântida, a quem mesmo chegando à Madeira não conseguia esquecer, porque insistia em vê-lo como o culpado de tudo.

Inventou para si próprio a infância que o pintor de portos metafísicos nunca teve mas que deveria ter sofrido: uma infância de castigos corporais, de quartos escuros, de sopas asquerosas, de rezas intermináveis, de visitas constantes aos aquários e peixarias... Enfim, um tipo de infância especialmente sinistra, com toda classe de infortúnios, teria sido boa para aquele coitado pedante, serviria de provação, ensinando-o a suportar com viril e digna paciência o lado selvagem da existência.

A aterrissagem violenta – é sempre assim na Madeira – o trouxe de volta à realidade. Quando as rodas tocaram a pista, uns tímidos aplausos tentaram abafar alguns gritos escapados de gargantas mais assustadiças. Mayol questionou se os aplausos eram dirigidos à aterrissagem ou à ilha. E assim lembrou que, apesar de ter se isolado como nunca ao longo da viagem, não viajara sozinho. Dirigiu sua atenção à jovem silenciosa que dormira longo tempo a seu lado e nesse momento tirava o cinto de segurança. Imaginou-a com uns vinte anos. Tinha várias espinhazinhas na bochecha esquerda, escurecidas por uma mancha rósea de maquiagem, e começava a mascar sonoramente uma bola de chiclete. Mayol, já livre do cinto de segurança, inclinou-se ligeiramente para sua direita e perguntou à jovem se era da Madeira. Sem deixar de mascar o chiclete, ela disse que sim. Mayol perguntou então se podia recomendar algum hotel. Ela ficou olhando para ele, pensando na resposta. Mayol, aguardando, perguntou-se o que pensaria a jovem se soubesse de seu sonho mais recorrente: escapar de um hotel em que fazia muitíssimos anos não pagava.

– O senhor tem dinheiro? – perguntou a moça.

– Muito – disse Mayol.

– Então vá ao Reads.

Dentre outros clientes famosos do Reads – Mayol certamente entendeu Ritz – estavam Somerset Maugham e Winston Churchill. Era um belo lugar, seleto e muito inglês. Serviam chá e umas torradinhas de pão preto, recobertas de manteiga e rodelas de pepino, como era verdadeiramente chique no século passado.

– Eu não iria nem arrastada ao Reads – acrescentou a jovem –, porque prefiro outras coisas. Mesmo assim, tenho certeza de que o lugar agradará muito ao senhor.

Mayol, talvez suscetível demais, sentiu-se ferido em seu orgulho, tratado como um ancião decadente. Não sabia, por outro lado, quem poderia ser o tal Somerset Maugham, que soava para ele como nome de escritor, embora talvez fosse um político inglês.

– Obrigado pela informação – disse à moça, afundando dissimuladamente o lenço branco que sobressaía no bolso superior do paletó –, acredite que estou muito agradecido. Certamente acertou em cheio. Em todas as cidades que visito, hospedo-me no Ritz.

– Reads só tem um no mundo.

Mayol franziu o cenho e disse:

– Não entendo.

– Pois eu menos ainda.

Um equívoco da vida cotidiana. Mayol concluiu que a jovem não só o via como um pobre ancião decadente mas também tentava zombar dele.

– Na verdade, eu quis dizer – falou Mayol – é que em todas as cidades que visito, desde que fiquei viúvo e procuro uma esposa para compartilhar minha fortuna, hospedo-me no Ritz.

– Insisto, senhor, Reads só tem um, que eu saiba.

– Acho que você não quer compreender. – Mayol sentia-se cada vez mais objeto de gozação. – Porém, você deveria, deveria compreender ou ao menos fingir que sabe do que estou falando. Para isso você é aeromoça. Ou não é, senhorita?

Mayol disse isso e voltou a colocar perfeitamente o lenço branco no bolso superior de seu paletó. Pensou: Acha que sou antiquado? Então agüente. Me acha velho e acredita que pode zombar de mim? Então vai ver, vou incomodá-la, o que ela pensa que é, a imbecil?

– Ou você não é uma aeromoça? – insistiu Mayol, sabendo, claro, que ela não era aeromoça, mas tentando confundi-la e maltratá-la o quanto fosse possível. A moça do chiclete precisava aprender como é que os velhos iguais a ele podiam fazer.

– Escute – disse ela finalmente, – escute bem. O senhor perde seu tempo. Está redondamente enganado. Entende? Sabe o que quero dizer? Redondamente. Tenho noivo, estou comprometida com o herdeiro de uma grande fortuna. Então, faça-me o favor...

A moça do chiclete falava como se ele tivesse tentado seduzi-la; era o cúmulo. Mayol ficou tão contrariado que esteve a ponto de voltar à carga e dizer que ela lhe lembrava Calamity

Jane e que de tanto mascar chiclete várias espinhas haviam pipocado em sua bochecha esquerda. Mas conteve-se, ainda era um senhor de Barcelona.

E, com este pensamento, voltou-lhe ao cérebro a maldita e estranha sardana que o atacara sem piedade em Lisboa. Mayol lamentou estar há tanto tempo sozinho, pensando sempre, o que o deixava exposto a pensamentos e músicas estranhas. Estava sempre sozinho, e nessas circunstâncias a vida interior adquiria dimensões excessivas e a pessoa ficava exposta, mais do que nunca, à introspecção constante, à angústia, à loucura.

Mayol quase esteve a ponto de levar as mãos à cabeça e cobrir os olhos. Mas finalmente limitou-se a observar, com a estranha sardana como um secreto fundo sonoro, o modo tão tranqüilo com que a moça do chiclete abandonava sua poltrona e incorporava-se à fileira dos mais apressados para descer.

No ar da manhã, todos os países do mundo se parecem, pensou Mayol enquanto descia a escada do avião. O ar era fresco e transparente, e isso lhe teria parecido extremamente agradável não fosse pelos ecos remanescentes da insolente e estranha sardana, e também porque julgou talvez excessiva a luz da ilha.

Enquanto pensava que provavelmente não entendera bem a moça do chiclete e que talvez tivesse acontecido algo parecido com o taxista da Boca do Inferno – afinal, muitas palavras em português lhe escapavam e interpretava-as a seu modo, provavelmente criando novos significados –, enquanto pensava tudo isso, ia tentando se acalmar, apesar do elemento inquietante em suas relações com as pessoas durante as últimas horas.

Mas, quando se acalmava um pouco, voltava então a estranha sardana. Isso, por culpa de sua solidão, era como um círculo fechado, coroado por uma certa angústia. Uma angústia diante da qual não quis se dobrar. No ar fresco e transparente da manhã, pisando já a terra da Madeira, inventou um método ou antídoto para abafar a melodia da estranha sardana. Cada vez que ela atacasse-lhe o cérebro, evocaria os momentos culminantes de sua atividade política, suas fugazes porém intensas intervenções no Parlamento catalão, suas conversas com os chefes do partido, suas intervenções como moderador em alguns comícios. É, sua experiência política deixara boas lembranças.

Em realidade, pensou, tornei-me político para não parecer somente um homem de negócios, o que de fato mostrou-se uma boa idéia. Sempre me senti atraído pela política e, apesar de não ter experiência nem o menor estudo sobre a matéria, a morte de Franco abriu-me suas portas.

Quando disse isto, automaticamente amaldiçoou o nome de Franco. A guerra civil, como a tantos outros de sua castigada geração, cravou um antes e um depois no caminho de sua vida tragicamente partida. Mayol amaldiçoou Franco no ar transparente e fresco daquela acolhedora manhã da Madeira. Continuou andando pela pista de aterrissagem. O ar da ilha, a oportuna maldição a Franco, estavam lhe fazendo muito bem. Foi andando, utilizando as lembranças políticas como antídoto para a estranha sardana e, também, como antídoto contra a angústia envenenada que se apoderava dele quando lembrava, por exemplo, do fechamento da escola, que o lançou nas trevas exteriores de uma realidade hostil e bélica, monstruosa: a vida.

Continuou andando. Disse a si mesmo que, além do mais, com a política surgira para ele a nada desprezível possibilidade de mudar de amigos ou, no mínimo, de entrar em contato com pessoas diferentes de seus amigos da roda ou dos jogadores de pôquer. Com a política havia chegado a um momento importante de sua vida, pena que com o tempo tivessem evaporado os melhores instantes daquela época. Tudo foi se desvanecendo com a morte dos políticos mais velhos, os que eram mais amigos seus. Sempre a morte, a morte dos outros, interferindo sem permissão em sua vida, estragando as expectativas de que sua passagem por este mundo alcançasse longos momentos de plenitude. Sempre a morte, a morte dos outros. No final, ficou sem os melhores amigos no partido, a sós com os jovens filhotes, antes secundários, que viam com desconfiança sua idade e sua cultura política.

Mas a lembrança de minha passagem pelo partido, concluiu, ninguém jamais arrancará de mim, foi uma época bastante satisfatória e ninguém poderá tirar isso de mim. De agora em diante, cada vez que essa estranha sardana assaltar meu cérebro, utilizarei como antídoto minhas lembranças de político na ativa. Já que lembrar minha família me entristece e a Seguros Mayol é agora só uma conta-corrente no meu banco, já que não tenho nada em que me agarrar, utilizarei minhas lembranças de homem político para abafar o mal-estar que tenta me impor o zumbido interior dessa sardana, que certamente não é mais do que a inútil tentativa, por parte de algum diabrete, de amargurar minha existência.

Depois, sentindo-se cada vez mais à vontade no ar da manhã da ilha, pensou que, de qualquer forma, caso pretendesse ser realmente honesto consigo mesmo, devia reconhecer que estava perdendo um pouco do seu nacionalismo. Mas por que, por que a viagem vertical para o sul modificava levemente seu nacionalismo? Era fácil achar a explicação. Para os nacionalistas, sempre fora mais estimulante o dever do que o prazer, e não se podia dizer que esse fosse seu caso ultimamente, pois, enquanto prosseguia a viagem, percebia estar fugindo de qualquer obrigação.

Continuou andando. Então reparou num homem de sua idade que ia à frente e que, visto de trás – não lhe podia ver o rosto –, lembrava muito Terrades, seu amigo e companheiro de roda em Barcelona. Viu como a moça do chiclete ultrapassava, com passo intrépido e ligeiro, o improvável Terrades. E viu também como este, com notável grosseria, olhava para a bunda da moça. Mayol então pôde ver finalmente o perfil do rosto do falso Terrades. Aquele homem não tinha nada a ver com o amigo que deixara em Barcelona. Mayol percebeu que talvez tivesse se lembrado de Terrades por ter sido ele quem havia dito que, enquanto não visitasse cidades desconhecidas, continuaria vivo. Precisava prestar atenção a essas palavras? Não, disse a si mesmo Mayol, sem dúvida era só uma frase à qual não se devia prestar a mínima atenção, pois caso contrário ficaria o tempo todo pensando no risco de cair fulminado a qualquer momento.

Ao final de alguns segundos – ainda sem chegar ao terminal do aeroporto, começava a descobrir que o tempo na Madeira transcorre às vezes muito devagar –, voltou a olhar para a frente e reparou que o suposto Terrades mancava sensivelmente, o homem andava com alguma dificuldade e, no entanto, continuava na sua frente, o que não fazia senão confirmar sua incapacidade de ultrapassá-lo, ou seja, Mayol era mais lento do que um manco. Estava claro, mesmo sem querer admiti-lo, que a artrite matinal minguava demais suas forças. Quis fazer um esforço e ultrapassar o falso Terrades de movimentos tristes e claudicantes, mas na frente, sempre na sua frente, continuava marchando aquele velho inválido. Mayol começou a ter a sensação de que o sujeito, por algum motivo, estragava pouco a pouco seu bom humor, arrastando consigo não só a perna manca como também o ar fresco e transparente daquela magnífica manhã que ele havia começado a considerar inteiramente sua.

Até chegar à sala de liberação da bagagem, Mayol não conseguiu ter o manco ao seu lado, em vez de na frente. Olhou para ele com um pouco de raiva, não tinha mais nada com que se entreter. Contemplou-o de cima a baixo em silêncio, julgando ver nele um grande inseto vermelho e manco que pretendia violentamente ocupar um lugar no mundo. Um horror, pensou Mayol. E assim, olhando para o pobre manco daquela maneira monstruosa, conseguiu suportar sem nervosismo a longa espera que antecedeu a chegada da bagagem.

Apareceram, primeiro, umas bolsas esportivas e uma infinidade de raquetes de tênis, depois todo tipo de malas dos mais variados estilos. Como já acontecera em Lisboa, por uns instantes Mayol pensou que sua mala havia se extraviado. Olhou para o manco e viu que ele pensava a mesma coisa a respeito da sua. De repente, Mayol avistou ao longe sua mala preta e respirou aliviado. Foi uma grande surpresa ver que o manco se precipitava sobre ela, pretendendo levá-la. Mayol deu dois passos enérgicos e se plantou diante do manco para lhe dizer, polidamente, que desculpasse, mas aquela mala era sua.

– É verdade, perdão, isto nunca tinha me acontecido – disse o manco quando viu surgir naquele momento sua mala, preta como a de Mayol e muito parecida, quase idêntica, o que fez Mayol duvidar se não teria sido ele quem se havia enganado. Esclarecido o incidente, os dois sorriram. O manco tinha uma expressão muito agradável quando ria e era homem de educação requintada, quem diria.

– Será que somos gêmeos? – disse o manco com um sorriso ainda mais agradável que o anterior. Mayol entendeu que aquele homem, a quem havia odiado um tanto injustamente, merecia uma resposta educada e agradável.

– Daqui? O senhor é da Madeira, o senhor é daqui? – perguntou Mayol com seus melhores modos.

– Sim, amigo. E o senhor, de que parte da Espanha é?

Mayol sentiu-se de repente muito acolhido pela palavra amigo.

– Sou de Barcelona. Catalão.

– Eu nasci em Funchal. Estive várias vezes em Barcelona. Bonita cidade. Gosto muito das Ramblas. Me hospedo sempre no Hotel Oriente. Adoro esse hotel, está meio em ruínas mas tem seu encanto, sua história e, além disso, gosto de sua localização e também do nome, Oriente. É um nome estupendo para um hotel, não acha? Nesse hotel me sinto em Cambridge.

Acabava de conhecer aquele homem, mas Mayol tinha a impressão de tê-lo visto toda a vida.

– Falando em hotéis – disse Mayol –, onde o senhor recomendaria que eu me hospedasse aqui na Madeira? Me falaram do Ritz...

– Falaram-lhe bem. O Reads é um bom hotel. Apropriado sobretudo para damas *à la* Virginia Woolf – aqui Mayol ergueu uma sobrancelha, reconhecia aquele nome mas não conseguia decifrá-lo – ou para almofadinhas, fanáticos pelo chá das cinco. É um bom hotel, mas não sei se é o mais apropriado para o senhor. Além disso, fica longe do centro... Para que enrolar mais. Eu sou dono de um hotel, sabe? O Bom Jesus. O único de quatro estrelas que existe no centro. Espero que não leve a mal – esboçou um sorriso franco e amistoso. – Recomendo-o, apesar de se chamar Bom Jesus, um nome horrível. É o nome da rua em que se encontra, o que fazer, eu não escolhi esse nome. Deveria se chamar Cambridge.

Mayol não pensou duas vezes e disse:

– Não se fale mais nisso, amigo, vou me hospedar no seu hotel, vou para o Bom Jesus, na rua Bom Jesus, francamente não desgosto do nome...

Pouco depois, ambos já num táxi, o homem manco resolveu se apresentar:

– Em viagem de férias ou de negócios? Bem, perdoe a indiscrição, não precisa responder. Acho melhor que me apresente. Fernando Esteves. Sabe de uma coisa? Achei muito engraçada a confusão de nossas malas. O senhor nem adivinha o que me fez lembrar.

– Também é hora, creio, de eu me apresentar. Federico Mayol. – Ia acrescentar que era proprietário de uma companhia de seguros e parlamentar catalão aposentado, mas finalmente não disse. – E agora me diga, o que a confusão das malas lembrou ao senhor?

– No hotel vão rir de mim – disse Esteves –, vão pensar que agora me dedico a capturar fregueses no aeroporto... Mas, enfim, vamos ao que interessa. A semelhança de nossas malas me lembrou, olhe só, nada menos do que *O Golem*. Um romance. Talvez tenha ouvido falar nele. O senhor é leitor de romances?

Mayol precisava fazer amizades, já que caso contrário terminaria devorado pela solidão e pela estranha sardana. Preferiu fingir que conhecia o livro, e disse:

– *O Golem*, sim. Faz tempo li esse romance e quase nem me lembro de nada, só sei que era muito bom.

– Ótimo. É ambientado numa Praga muito estranha. O protagonista, talvez lembre, apanha um chapéu que não é seu e o leva para casa. Lembra-se agora?

– Acho que sim. Deixe-me ver, o que mais acontece?

– Quando se dá conta de ter apanhado, por confusão, o chapéu de outra pessoa, fica espantado ao comprovar que, apesar de sua cabeça ter um formato muito especial, o chapéu lhe assenta muito bem, à perfeição.

– Ah, sim! Começo a lembrar. Muito boa a cena. E, claro, que romance. É um grande romance.

– Grande romance, de fato.

Só faltava mesmo os dois suspirarem e repetirem em coro as palavras "grande romance". Durante um tempo viajaram em silêncio, como se refletissem.

Pelo que pude saber, enquanto Mayol e Esteves viajavam em silêncio naquele táxi, Pablo Servalls, o sobrinho de Mayol, começava a se espreguiçar lentamente na cama de sua casa da rua da Pina, em Funchal, e o fazia com uma ressaca fenomenal, tentando reconstituir o sonho que acabara de ter e no qual seu pai – morto e bem enterrado no Porto – havia aparecido pedindo-lhe de joelhos que deixasse de beber daquela forma tão desesperada e se ocupasse um pouco mais do negócio das tinturarias da Madeira e, sobretudo, que esquecesse Rita, a esposa infiel cuja decisão de casar com outro acentuara nele a inclinação ao álcool.

– Uma esposa basta, não procure outra e nada de pactos bobos com o diabo, siga meu conselho, nada de sentir-se velho aos quarenta anos, e não beba mais, é fatal para você – dissera seu pai no sonho –, não beba mais. Por que, em vez de chorar a perda da estúpida da Rita, não tenta se parecer comigo? Lembre o que disse antes de morrer. Lembra? Disse a você que, apesar de nunca ter me eximido dos deveres formais de esposo, no final creio ter deixado bem claro que esse papel nunca foi para mim, não fui feito para o casamento.

Chocado – fora só um sonho, mas é verdade que nele Rita havia sido chamada de estúpida e, além disso, seu pai falara com uma inquietante e inexplicável sotaque argentino –, Pablo levantou da cama, tentou manter a calma, as mãos trêmulas, procurou aliviar-se com golpes secos de água fria.

Sentou num sofá para refletir. No fundo, teria gostado que o sonho se prolongasse. Fazia anos que não via o pai morto, gostaria de lhe perguntar como era a vida no além. O problema dos sonhos interrompidos é que não podem ser retomados. Pablo, contudo, tentou, imaginou seu pai deixando de suplicar-lhe de joelhos que deixasse de beber e sentando-se com ele no sofá. Então imaginou-se perguntando como era a vida no além.

– É como nadar no Pampa – Pablo julgou ouvir do pai.

Tapou o rosto com as mãos, aterrorizado com sua própria imaginação.

Estava o acaso, por acaso, de folga naquele dia em Funchal? Jamais conheci o acaso, mas estou plenamente certo de que nesse dia não estava nem um pouco em greve. Se me for permitido especular, direi que enquanto Mayol se dirigia ao Bom Jesus e seu sobrinho Pablo acordava chocado, o acaso, por sua vez – gosto de imaginá-lo assim –, espreguiçava-se em sua torre coberta de azulejos opacos, enquanto um secretário sorridente e muito protocolar lia em voz alta as tentações que Funchal oferecia-lhe aquele dia para intervir na vulnerável existência de sua gente. E quero supor que Mayol, a caminho do Bom Jesus, e seu sobrinho Pablo, aliviando-se a golpes de água fria, devem ter parecido ao acaso uma presa bastante fácil e apetitosa.

Enquanto isso, cedendo ao convite do sol, quem naqueles momentos também se espreguiçava era eu, na cama, ao lado da minha esposa, Rita. Porque sou eu – chegou a hora de também me apresentar – o jovem casado com aquela que foi a mulher de Pablo. Me chamo Pedro e moro numa casa de dois andares, com um mirante e cores muito exageradas, como as de alguns cartões-postais antigos. Me chamo Pedro Ribera e há meses vivo com Rita numa casa de janelas verdes e alegres, que dão para a rua Santa Maria.

Me chamo Pedro e, mesmo isto sendo estranho, me dou bem com Pablo, para quem estendo sempre a mão quando nos encontramos nas rodas do Café Campanário. Ele diz ser meu amigo e não ter nada contra mim, mas é claro que se rói por dentro, acho, pois não consegue esquecer que sou feliz casado com Rita, e também acho que, apesar de o tratar com o lógico respeito e muito tato, ele suspeita – e não se engana – de que às vezes me dá pena, sobretudo nos dias em que o vejo arrebentar-se de bebedeira e amargura. Mas, enfim, nos tratamos como pessoas civilizadas, e isso é o mais importante. Além do que, a ilha é muito pequena. Não nos vemos só na roda do Campanário, mas em todos os lugares.

Enfim. Naquele dia, depois de ter me espreguiçado à vontade, deixei Rita continuar dormindo, fui fazer a barba e cantei um tango no banheiro. Enquanto o fazia – posso estar enganado no máximo em alguns segundos –, Mayol chegava ao Bom Jesus e Esteves o acompanhava até a recepção, deixando-o ali, despedindo-se para continuar a viagem de táxi até sua casa.

– Achei que morasse no hotel – disse Mayol.

Esteves sorriu e disse:

– Homem, como vou morar no hotel? Sou o dono, mas tenho minha própria casa. Bom, senhor Mayol, encantado de tê-lo conhecido. Se precisar de alguma coisa, não hesite em falar com o gerente e ele saberá onde me encontrar.

– Então não é o senhor quem dirige o hotel?

Esteves voltou a sorrir e disse:

– Homem, eu já estou velho para dirigir hotéis, prefiro que outros o façam e eu seja o proprietário.

– Até logo, senhor Esteves – disse Mayol, um tanto desiludido ao pensar naquele senhor, de forma amável, simplesmente se livrando dele.

– Até logo – disse Esteves e, dando-lhe as costas, voltou para o táxi.

A intuição dizia a Mayol que, assim como tinha acontecido no Porto e em Lisboa, seu destino parecia empenhado em indicar-lhe o caminho da solidão, sem relações nem amigos, tristemente só e perdido, cara a cara com o nada.

Pouco depois, ao entrar no quarto do hotel, pensou talvez estar tendo uma ridícula regressão infantil, julgou estar se comportando como em sua época de colegial, agindo como naqueles dias de adolescência em que se movia de forma angustiante na busca por amizades.

Contudo, existiam notáveis diferenças entre sua busca por amizades na escola e a que estava procedendo nessa viagem. Na escola procurava crianças que quisessem ser seus amigos não por desejar amizades – o que não lhe interessava nem um pouco, pois achava todos os seus colegas de classe uns molengas e uns chatos –, mas porque ficava triste nos dias de festa, quando seus pais perguntavam com que amigos combinara de sair e ele precisava admitir que com ninguém, vendo a cara de preocupação dos coitados dos pais. Sentia-se tão mal quando faziam aquela pergunta, sentia-se tão horrivelmente mal por eles – as únicas pessoas no mundo que lhe interessavam –, que chegou a inventar uns amigos, obrigando-se durante algum tempo, nos dias de festa, a sair de casa – se fosse por ele não teria saído nunca – e entrar em cinemas ou perambular absurdamente pela cidade à espera de que chegasse a bendita hora de poder voltar.

Diferente daquela busca por amizades na escola, esta que Mayol empreendera em sua improvisada viagem vertical para o sul vinha condicionada por sua imperiosa necessidade de não estar só nem obrigado o tempo todo a olhar cara a cara para o nada. Mas, na verdade, os demais seres humanos, como já lhe tinha acontecido em sua etapa escolar, haviam tornado a não lhe interessar nem um pouco – à medida que se afastava cada dia mais de Barcelona, sentia-se também cada vez mais longe e desiludido do gênero humano –, mas não desejava ficar sozinho, encarando, por exemplo, o suicídio nada cristão como solução alternativa, já que começara a odiar a vida por amor a ela, precisamente por amor à vida.

Entrou no quarto do hotel do Bom Jesus e, como nos aposentos de hotel no Porto e em Lisboa, começou a estudar a fundo o que havia ali. Pela terceira vez em pouco tempo, procurou a televisão e o controle remoto – relativamente visíveis, como era habitual –, o armário, com mais travesseiros para a cama, o frigobar – como sempre um pouco camuflado –, o banheiro e os produtos higiene pessoal, e finalmente – até aproximar-se dali não parecia realmente ter chegado em cidade alguma – a janela.

Esta dava para a animada rua do Bom Jesus, intuía-se o Atlântico para além das casas, e pela primeira vez em toda a viagem iniciada em Barcelona ele teve a sensação de afastamento, de estar perdido no meio do oceano, longe de tudo, e disse a si mesmo que esse afastamento talvez fosse precisamente o maior encanto de Funchal. Vindo da rua, escutava-se o vago rumor de uma melancólica música de acordeão. Observou a predominância do azul em tudo que sua vista abrangia. Azul, afastamento, acordeão de rua. De repente foi invadido por uma difusa sensação de felicidade desesperada.

Pegou o controle remoto e ligou a televisão. Queria saber se ela, também ali em Funchal, continuava a cumprir as funções de oráculo. Surgiu na tela o protagonista da série *O fugitivo*. Mayol sorriu, ficou claro que a televisão continuava acompanhando-o e quisera fazê-lo entender com mais clareza; porque, se algo estava claro, era que o fugitivo não passava dele mesmo, obrigado a uma fuga interminável até encontrar o culpado por seus males.

Mudou de canal. Davam uma notícia sobre a África do Sul, sobre a esposa de Mandela. Não, essa mulher certamente não era culpada de nada em relação a ele, nem era capaz de lhe transmitir mensagem alguma. Voltou para o canal em que exibiam *O fugitivo* e assistiu ao que restava do filme. O desenlace foi o mesmo de sempre: o pesadelo de ter de fugir sem rumo fixo.

Depois tomou uma ducha, trocou de roupa, testou outra vez se a televisão tinha alguma coisa mais a lhe indicar. Caiu direto num filme português dos anos sessenta. Uma mulher acabava de entrar no escritório de um homem de terno. "Como vai, Maria?", perguntava ele com ar surpreso. Ela dizia: "Por favor, Mário, vim pedir que não se aborreça com ele".

Uma mulher chamada Maria visitava um homem para lhe pedir que não arruinasse um homem de quem possivelmente ela gostava. Alguma mensagem nesta cena? Talvez de Barcelona sua mulher estivesse pedindo clemência, para que ele não se aborrecesse com Julián, o filho dos dois, o pobre Julián da Atlântida. Sim, talvez fosse essa a mensagem, não viu nenhuma outra forma melhor de entender o que havia tentado lhe comunicar seu oráculo.

Tudo bem, pensou Mayol, não vou esmagar o imbecil do Julián.

Quando notou que, como nos bons tempos – mesmo tendo sido só mentalmente –, voltava a falar com a mulher, Mayol percebeu a entrada de um ar eufórico em sua vida. Decidiu descer até a recepção e pedir um mapa de Funchal.

Lá, na recepção, foi a primeira vez na minha vida que vi Mayol. Ele falava com Maria, a recepcionista, e chamou minha atenção precisamente o semblante de difusa felicidade desesperada daquele novo freguês no meu hotel. Porque sou o gerente do Bom Jesus. Naquela manhã, começava meu trabalho rotineiro quando vi Mayol desdobrar diante de Maria um mapa gigantesco de Funchal. Mayol não era daqueles hóspedes que passam despercebidos, impressionaram-me seus olhos de insólito azul-claro. Seu dandismo também chamava muita atenção, seu modo de vestir um tanto antiquado, mas sumamente elegante. Como todos os dândis – para dizê-lo com palavras de Baudelaire –, parecia um sol poente. Como o astro quando declina, ele parecia soberbo, desprovido de cor e exuberante de melancolia.

Mesmo que não fosse um dândi, Mayol teria me chamado a atenção por causa do lenço de antes da guerra que assomava do bolso superior de seu paletó, um paletó não muito necessário – para não dizer nada necessário – naquela época em que o clima da ilha é mais tropical do que nunca. De qualquer forma, notei-o só de passagem, não porque não tivesse me chamado a atenção, mas porque tinha muito trabalho atrasado no escritório.

– Senhor Ribera – lembro de Maria me dizer –, tem uma chamada urgente de São Vicente; para entrar em contato com o senhor Toscano.

Mayol inclinou-se para frente, para o mapa de Funchal e para Maria, depois olhou para mim e escapou-lhe um tique que parecia o fungar de um cachorro quando investiga um cheiro.

Fui até o escritório. Devo ter entrado mais ou menos no mesmo instante em que Mayol saía do hotel e começava a andar pela rua do Bom Jesus. Pelo que pude saber, percorreu-a até virar a esquina, onde encontrou a pessoa que tocava a melancólica música de acordeão, a quem deu umas moedas, todas as que levava no bolso. Depois, seguiu seu caminho. Rua das Hortas, rua Fernando Ornales, rua Visconde do Anadia, banhada por uma poderosa e extrema luz atlântica. Mayol, que começava a sentir-se à vontade em Funchal, vagando solitário por aquelas ruas, continuou descendo até a avenida do Mar, onde deu finalmente com a rua dos Profetas, que estava mergulhada numa viva algazarra matinal, e encontrou também o mar, ficando subitamente comovido, e pensou: É inacreditável e por isso só posso dizê-lo a você, Julia, mas é que, compreenda, é muito estranho, tenho certeza de ter estado aqui, sem nunca ter estado, não sei se me entende.

Sua existência começara a naufragar com difusa felicidade desesperada em Porto Metafísico. Mas isso Mayol não percebeu no primeiro momento, mas sim no preciso instante quando, segundo pude saber – ele me contou naquele mesmo dia, e pouco tempo depois o repetiria diante do gravador, durante sete sessões intensivas, construindo para mim a história de seu exílio –, olhou no horizonte e pensou ver um navio branco, talvez fantasmagórico, e ficou de repente muito metafísico nesse indiscutível Porto Metafísico que eu acho que é Funchal, e Mayol pensou: Como as coisas não podiam piorar, melhoraram.

Mayol resignava-se a viver só, entretido com o que via e com seus pensamentos. Concentrou-se como nunca antes em sua vida, e o fez para tentar imaginar o que estaria cuspindo para ele, naquele momento, a televisão, seu oráculo flamejante. Não conseguiu visualizar nada, absolutamente nada. Tornou a olhar para o horizonte e então viu passar um anjo. Sentou-se num banco azul para ver melhor, e com mais calma, o horizonte. Deve ter passado um anjo ou algo parecido, porque aconteceu a seguir algo de outro mundo. De repente, aproximaram-se a passo lento dois homens da idade de Mayol, e um deles disse para o outro, enquanto hesitavam em sentar no mesmo banco que ele:

– A Ética os aterrorizou com seus axiomas e corolários... Leram só as passagens indicadas com uma caneta e entenderam isto, preste bem atenção: a essência é aquilo que é em si, por si, sem causa e sem ordem. Essa essência é Deus.

– Tem certeza? – perguntou o outro.

– Mas é claro. Ele é só Extensão, e a extensão não tem limites. Como limitá-la? No entanto, mesmo sendo infinita, não é o infinito absoluto, já que não contém mais do que um gênero de perfeição e o Absoluto contém a todos.

Não conversaram nos termos exatos aqui reproduzidos, porque Mayol foi incapaz de lembrar com precisão o complicado diálogo, mas, aproximadamente, foram essas as frases estranhas que disseram, impróprias para dois anciãos da Madeira.

Eu penso que eram dois imitadores de Bouvard e Pécuchet, ou então dois seres de outro mundo. Mayol sempre se negou a aceitar ambas as teorias. Para ele, eram dois senhores de Funchal que falavam estranho e ponto. Voltou a reafirmar aquilo quando, no gravador, teve de relembrar o episódio. Eu insisti em que poderiam perfeitamente ser dois atores amadores, por essa época ensaiando a apresentação de *Bouvard et Pécuchet*, montada no teatro Baltazar Dias.

– Pense bem – disse-lhe. – Um deles não aspirava pitadas de tabaco e o outro ficava vermelho de atenção?

– Não. Eram dois senhores que se plantaram diante de mim para poder refletir sobre as matérias filosóficas que os preocupavam.

– Tem certeza?

– Eram duas pessoas de minha idade envolvidas numa discussão estranha, isso é tudo.

– Já leu *Bouvard et Pécuchet*?

– Não.

– Então, como pode ter tanta certeza de que não eram imitadores de Bouvard e Pécuchet? Aposto que caminhavam de maneira cansada...

– Não é verdade. E mais, agora lembro que os dois se afastaram dizendo que iriam de balão.

Estava claro que Mayol não queria voltar a discutir comigo sobre se eram ou não imitadores de Bouvard e Pécuchet. Aquilo de irem de balão era uma tentativa de desviar a conversa em outras direções.

– De balão? – perguntei.

– E com um frio glacial. Porque também, agora lembro, escutei-os mencionando isso. Disseram estar envolvidos numa corrida muito fria, numa competição de balões em lugares gelados.

– Então eram mais estranhos do que pensei – brinquei.

– Sim. Tanto que um deles, quando falava do itinerário dessa corrida de balões imaginária de que acreditavam estar participando, disse não faltar muito para descerem, em vôo direto, pelo Ganges até chegar à baía de Bengala, e dali ao oceano Índico, e não sei o que mais disseram... Ah, sim! Que os esperavam o rio Nilo, as pirâmides, o deserto e eu sei lá que outras coisas estranhas disseram. Mas não eram imitadores de Bouvard e Pécuchet. Acho que agora ficou mais claro do que nunca.

– Sobretudo – eu lhe dei corda como se estivesse, eu também, passando por uma loucura passageira – se levarmos em conta o fato de a corrida de balões ocorrer em lugares frios.

– Eram muito frios porque eles viajavam para um abismo sem fundo.

Incomodado com a agilidade das respostas de Mayol, decidi tomar a iniciativa do diálogo e surpreendê-lo.

– Talvez você nunca tenha visto esses dois homens e eles sejam somente seu abismo sem fundo.

Nem piscou.

– A ele, precisamente, eu me dirijo – respondeu enigmaticamente. – A cada dia que passa, afundo mais em minha Atlântida.

A Atlântida

Aconteceram grandes terremotos e inundações e, no breve espaço de uma noite, a Atlântida sumiu na terra entreaberta.

Platão

A volta ao colégio

No entardecer do dia em que Mayol aterrissou na Madeira, seu sobrinho Pablo andava já desfigurado, depois do quinto gim-tônica no terraço do Café Campanário, quando, de repente, no acaso da rua e como numa estranha alucinação, viu passar diante dele o tio de Barcelona.

Não pode ser, pensou Pablo. "Preciso parar de beber", murmurou. Voltou a olhar, para o caso de não estar enxergando bem. Não que visse dobrado, era mesmo seu tio de Barcelona acompanhado nada menos que de mim. Que horror, pensou. "Preciso parar de beber", murmurou.

Já é a segunda vez que me acontece, pensou. "Mas agora é mais grave, no Porto meu tio era um fantasma que não ia acompanhado do Ribera", murmurou.

Pablo vestia o mesmo chapéu grotesco comprado no Porto e do qual escapuliam umas tristes mechas grisalhas. Até esse momento, quando acreditou ter uma alucinação, Pablo sentira-se tranqüilo, embora incomodado pelo tipo de gente que ocupara o terraço do Café Campanário. Nada o incomodava mais do que ser o primeiro da roda a chegar e ter de suportar o enxame de turistas imbecis no terraço do Campanário. Levava um bom tempo suportando como podia a presença, por exemplo, de um casal de ingleses na mesa ao lado, uns perfeitos metidos. Para não falar de um americano calvo sentado à sua frente, ou do magro francês vestido de preto escrevendo cartões, que Pablo havia espionado, ficando horrorizado com a linguagem sub-normal daquele indivíduo.

Vejam só que coleção de tipos intoleráveis, ele pensou. "É para deixar qualquer um deprimido", havia murmurado. Enquanto dizia isso, eu e Mayol passamos na sua frente sem vê-lo, apesar de eu estar vigiando para saber se alguém da roda já tinha chegado e pego uma mesa no Campanário.

– Não pode ser – gritou Pablo.

Quando Mayol girou para ver quem lançava aquele grito em espanhol, ficou pasmo: a expressão de seu rosto era de absoluta perplexidade, a mesma que se refletia na cara de Pablo.

É lógico que eu não entendi nada.

– Apresento-lhe Pablo Servalls – disse eu a Mayol. – Um compatriota seu que, quando quer, é a alma da roda.

– Mas ele é meu sobrinho! – disse Mayol.

Pensei que se tratasse de mais uma extravagante cacofonia, e quis acreditar que tinha ouvido mal.

– O que você disse? – perguntei.

Mayol e eu nos conhecíamos havia apenas duas horas e já nos tratávamos por você, falávamos como se nos conhecêssemos a vida toda. Duas horas antes, seguindo as instruções de Esteves e cansado de levar tanto tempo sem se comunicar com quem quer que fosse, Mayol solicitara minha presença na recepção. Movia-o a idéia de, como pretexto para falar com alguém, pedir o telefone de

Esteves. Mayol já estava cansado de não se atrever, por delicadeza, a tentar sair de si mesmo, e procurava, ainda que correndo o risco de ser rejeitado, relacionar-se com o mundo, fazer amigos de qualquer maneira.

Atendendo à sua chamada, fui até a recepção um pouco intrigado, já que normalmente os fregueses não costumam perguntar por mim, entre outras coisas – não deixa de ser um alívio – porque a maioria não supõe existir no hotel um escritório onde um gerente fica à sua disposição. Quase sem me dar o tempo de cumprimentá-lo e de perguntar o que desejava, Mayol, num português bolorento, bombardeou-me com perguntas sobre a Madeira. Queria saber o telefone de Esteves, mas também queria informações sobre restaurantes e possíveis passeios pelo norte da ilha, e também saber qual era o lugar mais indicado para trocar dinheiro, e queria até conhecer o nome do jornal local e – o mais inesperado de tudo – o número de partidos políticos que havia por lá.

Quando terminou o frenético bombardeio de perguntas e me deu oportunidade de responder alguma coisa, disse-lhe que fizesse o favor de me falar em sua própria língua, porque eu também era espanhol.

– Puxa vida! – disse. – E de onde o senhor é? Deixe-me ver, deixe que adivinhe. Da Cantábria?

Sorri.

– Não acertou. Sou de Madri, mas também de Sevilha... E o senhor, sr. Mayol, parece catalão.

– De fato, sou catalão – ele disse.

Ficou então melancólico.

– Nunca estive em sua terra – comentei –, mas acredite que vontade de conhecê-la não me faltou.

– E o que faz um madrilenho, ou sevilhano, ou o que o senhor seja, aqui na Madeira?

– A vida – respondi.

Ainda não tinha acabado de responder quando Mayol, obedecendo a uma urgência impossível de adiar, disse-me que ia ao banheiro mas voltava em seguida. Quando voltou, como se tivesse meditado no banheiro, fez à queima-roupa a seguinte pergunta:

– Há independentistas nesta ilha?

Expliquei-lhe que na Madeira não morava ninguém até ela ser descoberta, no século XV, pelos portugueses.

– Que imagem mais impressionante, se a gente pensar nela com profundidade! – comentou. – Uma ilha deserta durante séculos e séculos.

Expliquei-lhe que a ausência de pessoas até a chegada dos portugueses fazia com que qualquer idéia de independência parecesse surrealista. Expliquei-lhe que tal não era o caso, por exemplo, das Canárias, que, no fim das contas, eram habitadas pelos guanchos antes da chegada dos espanhóis.

Perguntei de brincadeira:

– Será que o senhor veio à Madeira com a idéia de organizar um movimento independentista?

Ele me levou a sério.

– O senhor acredita que na minha idade estou em condições de fazer uma coisa assim? Vim para cá de férias. Cansado de minha família. – Ficou pensativo, parecia também de novo melancólico. – Ou, melhor dizendo, vim até aqui simplesmente por vir e na verdade não sei nem por quê. Não faço mais do que chegar a uma cidade e, como se fugisse de alguma coisa, ir embora imediatamente para outra. Fui até o Porto, no dia seguinte já estava em

Lisboa, hoje, em Funchal. Amanhã não estranharia se fosse embora para o Cabo Verde.

– Não gosta do hotel?

– Sim, mas quem dera existisse uma sucursal em Cabo Verde e outra no estreito de Magalhães. O senhor entende...

Expliquei-lhe que ir a Cabo Verde, no sul da Madeira, era bastante kafkiano, porque não existia vôos diretos. Precisava subir até Lisboa e dali tomar um avião que, passando por cima da Madeira, o deixaria em Cabo Verde. Expliquei-lhe que tinha de ir, portanto, kafkianamente, para cima para depois poder ir até mais embaixo do lugar onde se encontrava antes de subir.

– Então não vou mais poder continuar descendo verticalmente como tenho feito até agora?

Pergunta estranha, muito estranha me pareceu essa pergunta, mas também original e até literária. Não sei como foi que passamos a falar de navios mercantes e ele terminou me contando que acabara de ver no horizonte um barco fantasma branco, e associou isso à narração minuciosa – observei que se detinha muito nos pequenos detalhes – de sua perplexidade recente diante da estranha conversa que dois cidadãos de Funchal mantiveram na sua frente, em voz alta, sobre Ética, o que me levou a dizer – consolidando-se naquele instante a corrente de mútua atração e simpatia estabelecida entre nós – que certamente tinha visto dois imitadores de Bouvard e Pécuchet. Daí a convidá-lo para a roda de todas as tardes no Café Campanário era um pulo, que eu dei generosamente.

– Mas é meu sobrinho! – disse Mayol, duas horas depois, ao ver Pablo.

Por sua vez Pablo, meio assustado e quase gago, disse:

– Mas, tio Federico, o que faz por aqui? Então não é um fantasma? Porque você é o tio Federico... Não é verdade?

– O próprio. O irmão de sua mãe. Seu tio. Você está com a mesma cara de quando tinha quinze anos e queria ser jogador de futebol. Chegou a sê-lo? Não, me parece que não, eu teria ficado sabendo... Mas escute, é espantoso, você não mudou quase nada, filho. Nem posso acreditar.

Nem eu, como é lógico, podia acreditar no que estava acontecendo.

– Mas o que faz você por aqui? – insistiu Pablo. – E a tia Julia? Veio com você?

– Não. Ela preferiu ficar em Barcelona – disse Mayol. – Eu estou dando a volta ao mundo em trinta dias.

Pablo olhou para seu tio com estupor renovado.

– A volta ao mundo? – disse, avançando em direção ao tio e abraçando-o emocionado. Falaram longa e largamente, durante alguns minutos quase intermináveis, de suas respectivas famílias. Volta e meia se abraçavam de novo e aquilo parecia não acabar mais. Quando por fim serenaram um pouco e passaram a falar do Porto, converti-me na involuntária testemunha da reconstrução minuciosa de seus passos e horários naquela cidade em que fazia pouco tinham se cruzado sem que chegassem a se encontrar, no acaso das ruas.

– Você está muito bêbado – disse de repente Mayol ao sobrinho.

– E daí? – respondeu ele com agressividade. – Que eu saiba você não é minha mulher nem meu pai e, além do mais, já sou bem crescidinho para beber o quanto quiser. Será que você veio a Funchal para dar uma de meu pai?

– Mas o que você tem, filho? Não imaginava você como um bêbado. Está com algum problema?

Pablo não fez rodeios, deixou-se levar pela franqueza que às vezes o álcool produz e disse:

– Mal de amores, tio Federico. Acha pouco? Fiquei sem mulher e as tinturarias não me importam nem um pouco. Este homem que o acompanha, esse jovenzinho gerente de hotel, esse pedaço de boa pessoa, ficou com Rita. Rita era minha mulher. Este sujeito, que você pode ver aqui, roubou-a de mim e, no entanto, tenho apreço por ele. Acha pouco? Nada podia ser mais triste para mim. Transformei-me num desgraçado e num divorciado, sou digno de pena. Olhe para mim, tio Federico, sou digno de pena.

Em lugar de olhar para ele, Mayol olhou para mim, e parecia perguntar por que eu tinha roubado a mulher do sobrinho. Por sorte, naquele momento, chegou o manco Esteves, meu distinto patrão.

– Vejam só – disse ele a Mayol –, o que faz o senhor por aqui? Foi convidado para a nossa roda?

– Ora, ora – disse Mayol, alegrando-se em ver o Esteves.

Pouco depois, enquanto Pablo pedia mais um gim-tônica, chegaram quase juntos o Sousa e o Neto. E, quando já estavam servindo o novo copo a Pablo, apareceram Barbosa e seus dois estudantes, que ele convidara para a roda.

Depois foram chegando o Pires, o Bastos, o Medina e outros. Quando conversávamos uns sobre futebol e outros sobre o assassinato de um traficante de drogas em Câmara de Lobos, apareceu com sua pomposidade habitual o Manuel da Cunha, produzindo-se o também habitual silêncio respeitoso com que o saudávamos, quando se dignava a aparecer no Campanário; a chegada do Mestre, pois assim o chamávamos, alguns ultimamente a contragosto, porque o considerávamos, a cada dia que passava, mais solene, convencido e maçante.

Ao ver aparecer o Mestre, Mayol se perguntou onde tinha visto aquele homem antes. Justo ao apertar sua mão, lembrou. Era o velho de cabelo encaracolado que vira na televisão de Lisboa, dizendo que nunca se chateava porque estava ocupado memorizando um livro. Mas, além do velho de cabelo encaracolado, aquele homem lembrava alguém mais, que Mayol não conseguia saber quem era.

– Não vamos esperar pelo jovem Toscano – disse Da Cunha, referindo-se à tendência daquele membro da roda, nos últimos tempos, de comportar-se como o porta-voz de uma facção dissidente que se divertia boicotando o Mestre. – De modo que julgo podermos começar. Tomara que hoje o Toscano não apareça.

Começar, para Da Cunha, significava citar em voz alta e beirando o ridículo mais absoluto – à maneira daquelas preces ancestrais que são rezadas a Deus antes das refeições – o poeta Fernando Pessoa.

– E as metafísicas perdidas – recitou o Mestre, sempre amante daquele ritual por ele inventado – nos cantos dos cafés de todas as partes, as idéias casuais de tantos acasos, as intuições de tantos ilustres desconhecidos; talvez um dia com fluido abstrato e substância implausível, formem um Deus e ocupem o mundo.

– Amém e louvado seja Pessoa que é nosso Deus, nosso santo incorruptível, louvados sejam o mundo e os cafés de todas as partes, louvado seja Pessoa, louvado seja Deus – escutamos alguém dizer.

Era o impertinente do Toscano que se juntava à roda.

Neto entrou em ação e parodiou as orações do Mestre e de Toscano. Desembainhou uns versos do poeta Pedro Tamen:

– Do alto vos falo, de onde acrescento azul de muitas cores ao outro azul que vossos olhos vêem.

Mayol olhou primeiro para o sobrinho e depois olhou para mim; sentia-se um pouco desconcertado. Deveria tê-lo advertido, pensei, de que, mesmo o mar nunca se tingindo de sangue, já há algum tempo aquela roda era sacudida por turbulências. Naquele dia, concretamente, as turbulências não poderiam ter chegado mais cedo.

O Mestre, como costumava fazer quando era objeto de gozação, preferiu simular que não tinha percebido nada, e prosseguiu imperturbável.

– Vamos ver, dou a palavra a quem tenha lido hoje algo digno de ser comentado.

Sempre era assim quando o Mestre comparecia à roda para presidi-la. Rezava a oração a Pessoa e depois abria a roda literária oferecendo a palavra a quem, naquele dia, tivesse lido algo digno de ser comentado.

Como nesse dia ninguém parecia querer falar primeiro, o Mestre insistiu:

– Não vão me dizer que hoje ninguém tem um livro ou um simples artigo de jornal que comentar...

Silêncio absoluto. Rompido pelo garçom que se aproximava para saber o que iríamos beber. Como era usual, café para todos menos para Pablo, que todos os dias gastava uma fortuna em gins-tônicas.

– Vamos ver, Bastos, conte você alguma coisa – disse Da Cunha, alçando o dedo indicador.

Então Mayol se deu conta de quem era a pessoa que Da Cunha fazia lembrar. Aquele gesto com o dedo indicador e o tom de voz indicando severidade trouxeram-lhe à memória o último professor que tivera na escola. Também aquele homem tinha o cabelo encaracolado como Da Cunha e, sem serem muito parecidos fisicamente, havia um ar familiar entre os dois.

Por um momento, lembrando sua adolescência interrompida pela guerra civil, sentiu-se entrando no túnel do tempo.

– Sinto muito – disse Bastos –, mas hoje não pude ler nada, tive que substituir um colega doente no Cassino.

– Pois vejamos – o Mestre voltou a alçar seu dedo indicador –, dou a palavra a Pires, que parece ter vontade de intervir.

Pires disse ter pouca vontade de falar porque passara o dia discutindo com a mulher, mas, se não restava outro remédio, diria quatro palavras. Então contou que há menos de uma hora terminara um livro muito interessante, embora estranho, para não dizer estranhíssimo, um livro cuja inteligência o transformava em fruto proibido para alguns membros da roda. O autor do livro era um frei da Siena do século XVIII, dedicado à reflexão profunda sobre uma pergunta tão estrambótica quanto inquietante: Por que os castiçais de bronze choram lágrimas amargas? Ou, dito de outra maneira, concluiu Pires, por que as velas se consomem sozinhas?

Toscano começou a dar pontapés no chão. Pablo disse que aquele livro só poderia ser uma chatice. Manuel da Cunha ordenou que Pires continuasse falando. "Mas é que", disse Pablo ao Mestre, "é uma chatice total essa história de lágrimas e de velas, é querer aparecer como leitor de livros originais." Bastos perguntou a Pablo se tinha ele algo melhor a contar.

– Pois é, sim – disse Pablo –, mais do que contar tenho algo a advertir e é que, como todo dia, o café de todos vocês está esfriando.

Pires o chamou de idiota e disse que seu gim estava acabando, o que era ainda muito pior.

Mayol não achou a menor graça em que tratassem seu sobrinho de idiota e cogitou intervir. Não queria chamar a atenção em seu primeiro comparecimento à roda, mas ao mesmo tempo sentia como um dever ineludível sair em defesa do sobrinho. Finalmente optou por dizer algo:

– Sei que não sou ninguém nesta roda, sei que não deveria me meter onde não sou chamado, mas não acho nada bom que meu sobrinho seja tratado como idiota.

Meu sobrinho.

Todo mundo ouviu isso: meu sobrinho. Havia sobrancelhas levantadas, rostos incrédulos, um certo estupor. Vi-me obrigado a explicar que meu convidado daquele dia era, realmente, o tio de Pablo.

– O fato de ser meu tio não precisa parecer tão estranho – disse Pablo, fortalecido pelo apoio de Mayol. – Ou será que não posso ter um tio?

Como se a roda já não estivesse suficientemente complicada aquele dia, complicou-se ainda mais quando um cachorro sem dono se aproximou, um cachorro a quem todos conhecíamos e com o qual Pablo até falava algumas vezes, porque dizia ser a reencarnação de um santo. Como se os ânimos já não estivessem exaltados – Mayol, encantado diante da possibilidade de fazer novos amigos, não parava de sofrer temendo que a qualquer momento a roda se dissolvesse para sempre –, Sousa não teve melhor idéia do que afastar o cachorro com um pontapé. Medina mostrou-se indignado e disse a Sousa que tivesse muito cuidado com o que fazia, pois não se podia tratar os cachorros a pontapés.

– Ah, é? – disse Bastos.

– Não se pode esquecer que os cães são criaturas de... – disse Pablo.

– Criaturas de quem? – quis saber Bastos.

– Você sabe muito bem de quem – respondeu Pablo.

Seguiu-se uma discussão violenta e ridícula. Manuel da Cunha tentou detê-la sem o menor sucesso. Mayol achou que tudo isso parecia uma sala de aula na qual ninguém se cala e ninguém fica quieto. Isso o lembrou de outros tempos, quando no colégio todos levavam o professor à loucura. No meio daquela balbúrdia escolar, Neto conseguiu impor sua palavra e contou uma breve história que acabara de ler em sua casa; tratava-se de uma história passada num belo dia de sol.

– Num belo dia de sol – disse Neto –, certo líder político notou que sua sombra o abandonava e se afastava velozmente. Ordenou à sombra que voltasse, enquanto a xingava de sem-vergonha. Sem-vergonha, dizia, volte aqui. Então a sombra girou um momento e, antes de continuar correndo, disse-lhe que, se fosse uma sem-vergonha, ela não o teria abandonado jamais.

– Muito bem, muito bem mesmo – aplaudiu Toscano. – Esse breve conto poderia ser perfeitamente aplicado ao Mestre, nosso líder natural.

Mayol olhou-me aterrorizado. Como não sabia que na verdade nunca se chegava às vias de fato, temia que a roda se dissolvesse e acabassem as suas chances de fazer amigos. Estive a ponto de me aproximar para dizer que não se preocupasse, que nos últimos tempos aquilo era comum, a roda passava quase diariamente por uma ou duas turbulências, mas que também havia momentos de paz e tranqüilidade. Também estive a ponto de lhe dizer que não visse aquele estopim como sendo algo estranho, que a Madeira não tinha nada que invejar à ilha mais feliz e tranqüila do mundo, porém não se podia esquecer que, de todo modo, se encontrava numa ilha cuja pré-história surgira do fundo do

Atlântico após uma violenta erupção vulcânica. Paz e estopim, isso tem sido sempre a Madeira, desde a primeira vez que um português pisou por aqui.

– Você se acha inventivo – disse Bastos a Toscano –, mas na verdade não produz mais do que cagadinhas de cabra de intestino solto.

– E você tem toda razão – disse Toscano encantado, pois, se de alguma coisa se vangloriava, era precisamente de ser um teórico daquilo que chamava "literatura minúscula" –, tem toda a razão do mundo, amigo Bastos, embora na verdade se, em lugar de cagadinhas de cabra, tivesse dito escritor de fragmentos fragmentados, de haicais aportuguesados ou de relatos ultracurtos, teria ainda mais razão do que já tem.

Como a tensão aumentava, o Mestre não teve melhor idéia do que dar a palavra a Mayol, e pediu-lhe que falasse do último livro que o impressionara, confiando que a intervenção de um membro neutro – nem seu aliado nem de Toscano – tranqüilizaria um pouco os ânimos.

Todos os olhares pousaram em Mayol. Ele, então, procurando sair do impasse de qualquer maneira, disse que lia muito.

– Muito – disse –, li muito, muitíssimo, passei toda a vida lendo, amo a cultura – disse.

– E então? – perguntou o Mestre.

– O último que li e gostei – disse Mayol, com terrível aflição, temendo revelar sua profunda incultura – é *Bouvard e Pecuchó.*

Pecuchó, disse. Todo mundo ficou olhando, e então Mayol se deu conta do erro e retificou a tempo.

– E *Pécuchet* – disse. – Mas faz uma semana que não leio nada, porque algo muito grave atravessou a minha vida.

Mayol disse isso para desviar a atenção dos livros que lia, lançando uma cortina de fumaça no intuito de levar a conversa para terrenos mais seguros.

– E o que é, senhor Mayol, tão grave que o impede não sei de quê? – perguntou Barbosa.

– Estou aqui na Madeira de luto – disse Mayol, iniciando um monólogo deliberadamente enrolador, levando a roda para longe dos caminhos culturais –, porque minha mulher decidiu viver sua velhice sem mim, e devo admitir que isso, compreensivelmente, atingiu-me como um tiro, embora não se possa falar em tiro de misericórdia porque, mesmo ela não sabendo e pensando que agora vive a vida sozinha, não faz senão vivê-la comigo. Pois, apesar de estar aqui na Madeira, posso ver neste instante a pobre Julia voltando da horta que temos em nossa segunda residência; vejo-a sempre que desejo vê-la; ao contrário do que pensa a coitada, ela não conseguiu se desfazer completamente de mim. Em minha imaginação, eu a vejo quando bem entendo. Sim, agora mesmo, por exemplo. Vejo-a voltando da horta. Já surgiram os brotos verdes dos alhos e também as fantásticas ervilhas e as batatas que plantamos juntos quando ela ainda não me tinha pedido que a deixasse sozinha pelo resto de seus dias.

Silêncio, certo estupor. Silêncio que eu interrompi, perguntando se era verdade – fiquei muito interessado por aquela história – o que acabava de confessar. Mayol jurou ser tudo rigorosamente verdade, uma história que não estava nos livros, mas sim escrita em sua própria vida. Escutou-se um suave protesto de Pablo, recriminando o tio por não lhe ter dito até então que a tia Julia decidira viver sozinha.

Eu estava convencido de que, com a confissão de Mayol, a roda ia enfrentar uma fase de maior tranqüilidade, mas isso não aconteceu porque Toscano nos fez voltar todos para o conflito.

– Eu também tenho uma história como a do senhor Mayol – disse –, mas não está escrita em minha vida e sim no meu caderno de anotações. Uma história breve. Eu a escrevi pouco antes de vir para cá, e vou lê-la para vocês.

– Não queremos conhecê-la – disse Pires.

Mas o Mestre ordenou que, num exercício democrático exemplar, deixássemos Toscano ler seu conto ultracurto.

Temi pelo pior, e não foi à toa.

– Quando Sua Majestade Manuel da Cunha – leu Toscano – perguntou ao conselho secreto de seu reino e ao presidente de seu Tribunal Supremo a que se deviam todas as derrotas sofridas nos processos diante do Supremo Tribunal de Apelações, a breve e heróica resposta do conselheiro foi que sua majestade Da Cunha nunca tinha razão.

– Agora já chega! – disse Bastos.

– Este é o último conto homossexual que eu escuto – disse Pires.

– Você existe mesmo, Toscano? – perguntou Sousa.

Nem minha intervenção nem a de Esteves, que éramos neutros, conseguiu resolver alguma coisa. As coisas tinham ido longe demais. Manuel da Cunha ameaçou ir embora com a festa e a roda para outro lugar, outro café, o Café da Índia, e que o seguisse quem quisesse. Levantaram-se com ele todos os seus aliados. Mayol levantou-se também, mas então viu que seu sobrinho não fazia o menor sinal de ir embora e que eu também permanecia sentado, como o Esteves, mais imóvel que uma estátua.

O Mestre e seus seguidores partiram, deixaram os cafés por pagar e, virando a esquina, desapareceram.

Mayol voltara a sentar, contudo não poderia ter expressão mais frustrada, já que sem dúvida teria preferido continuar sob o magistério de Manuel da Cunha. "E agora?", perguntou-me. "Agora nada", disse Pablo. Mayol olhava para nós e só via a tristeza de uma paisagem depois da batalha. "E agora?", voltou a perguntar. "E agora esperemos que não voltem nunca", disse Medina. "Estava cheio deles", disse Neto. "E agora seremos finalmente livres", proclamou Toscano.

Não tinham se passado nem cinco minutos e o Mestre e seus bajuladores já estavam de novo no Campanário. Quando disseram que tinham agido como num ensaio geral para a futura dissolução da roda, os dois grupos – tanto eles quanto nós – rimos, e a partir daí, como se o incidente fosse somente uma catarse que a todos tivesse beneficiado, a roda se transformou num mar de rosas. Esteves contribuiu muito para isso, falando de um livro de Gustav Meyrink, *Na fronteira do além*, o qual tratava de ocultismo e dizia que assim como os ponteiros de um relógio giram na esfera do número 1 ao 12 e tornam a começar a cada hora, despertando sem parar um novo presente, assim também, na vida da Humanidade, se sucedem e repetem épocas que o abismo do tempo parecia ter devorado desde datas mais remotas, e era por isso que sempre renascia o ocultismo, o domínio do transcendente.

Tudo terminou bem. À hora habitual, os integrantes da roda começaram a ir para suas casas. O Mestre já tinha ido embora e fomos ficando só alguns poucos no Campanário, quando me aproximei de Mayol e perguntei por que ficara tão deprimido com a possibilidade de que a roda se dissolvesse e por que havia apoiado o Mestre. Permaneceu por alguns momentos pensando o que responder, e finalmente me explicou, em voz baixa – "Não quero que seus amigos amalucados escutem", disse –, que Manuel da Cunha, com todos os seus possíveis defeitos, tinha lhe inspirado um certo respeito, ao passo que Toscano lhe parecia um daqueles arrogantes jovens artistas – não o mencionou num primeiro momento, mas pensava em seu filho Julián –, que julgam ter o rei na barriga e, ainda por cima, se empenham em procurar originalidade quando precisaria ser dito a eles que procurá-la é uma maneira pouco sutil de consegui-la, já que para consegui-la bastaria ser eles mesmos.

Depois, sem que eu perguntasse nada, passou a falar de sua mulher, Julia, e me contou, com riqueza de detalhes, a espantosa situação no dia e na hora em que ela dissera não querer mais tê-lo a seu lado.

– Julia – me disse – ficou como ausente, relaxada depois de me mandar para o inferno, ficou com a serenidade própria de um rio tranqüilo e profundo. Sim, é assim que ela me pareceu naquele momento. Como um desses rios que ficam imperturbáveis quando anoitece. Não sei se me explico...

Cada vez se explicava melhor. Eu lhe disse isso, e ele então voltou ao dia e à hora em que a mulher o deixara. Julia o havia abandonado à própria sorte na hora triste do crepúsculo, a mesma hora em que nos encontrávamos ele e eu naquele momento. Depois, comparou o entardecer catalão trágico com a noite fechada de seu casamento interrompido. E a isso emendou, ainda me pergunto como, uma manifestação de ódio raivoso contra o filho, contra Julián da Atlântida, o culpado de tudo.

Perguntei, como seria de se esperar, por que chamava o filho de Julián da Atlântida, e então ele me disse mais ou menos que o chamava assim porque o imbecil imaginava sua alma, numa vida anterior, como a espuma da última onda que cobriu a Atlântida. Senti-me de imediato contagiado pelo encanto natural e pela queda livre e descida vertical em direção ao sul deste senhor de Barcelona, alegadamente um nacionalista e a quem o abandono da mulher transformara num homem que, de modo possivelmente inconsciente, empreendera uma lenta descida para o mundo dos deslocados e dos excêntricos.

Então percebi que o futuro das lembranças de Mayol dependia de mim. Não estava eu à procura de um personagem para escrever meu primeiro livro? Rita havia me dito: mais cedo ou mais tarde, o personagem iria à procura de seu autor, ou seja, de mim. Também tinha me dito que certamente o feliz encontro se produziria no acaso das ruas, porque era nesse acaso que tudo na vida moderna acontecia. Parecia bastante razoável pensar que Rita tivesse acertado em cheio com seu prognóstico de mulher apaixonada. Depois de vários anos compensando o monótono trabalho em hotéis com o fervor pelos livros – e por uma cultura que, devido a sua instabilidade econômica, meus pais não tinham conseguido me proporcionar –, eu sentia vontade de averiguar se estava ou não capacitado para tentar – ao menos tentar – escrever um livro, um romance.

Não pensei duas vezes. Agindo com muito tato e com a prudência de uma serpente que surge silenciosa e lentamente de sua pele, perguntei a Mayol se estaria disposto, nos dias seguintes, a me contar com todos os detalhes a história de sua solidão, os movimentos de sua consciência, a partir do momento em que sua mulher o mandou para o exílio puro e simples, me contar tudo diante de um gravador.

Ele perguntou qual minha intenção com tudo aquilo. "Escrever um romance", eu disse. Ficou pensativo e acabou dizendo, como um débil protesto, que ele não era um romance. Quis fazê-lo ver que todos desejamos resgatar por meio da memória cada fragmento de vida subitamente trazido de volta para nós, por mais indigno e triste, ou por mais dolorido que seja. Tentei explicar-lhe que a única forma de fazê-lo era fixando-o na escrita. Ele me disse:

– Queira desculpar, mas tenho que ir ao banheiro; infelizmente, e como você deve ter percebido, tenho problemas de próstata.

Quando voltou, disse que, no banheiro – sua frase, não sei se deliberadamente ou não, tinha uma espécie de vocação romanesca –, escutara de novo um zumbido muito incômodo, além de estrambótico, algo assim como uma estranha sardana que desde Lisboa lhe invadia o ouvido de repente. Mayol qualificou esse fenômeno acústico de desvario passageiro e leve, embora alarmante, pelo aviso que podia conter de estar se aproximando da demência senil tão temida, se já não tivesse começado a se instalar nela. Explicou também que combatia a estranha sardana empenhando-se em recordar momentos felizes de sua atividade como político. Disse-lhe que o romance sobre ele poderia começar com uma frase – espetacular se soubesse redigi-la bem – dedicada àquele zumbido sardanístico.

"Eu não sou um romance", insistiu. "E no entanto", eu disse, "você tem coisas dos romances que eu gosto, traços irônicos, por exemplo." Ele olhou para mim como se não entendesse nenhuma de minhas palavras e desviou a conversa, contando-me que, antes do zumbido da estranha sardana pelo qual acabava de ser agredido no banheiro, naquela mesma tarde o zumbido das discussões, não menos estranhas, haviam ocupado grande parte da roda e, disse meio brincando, lhe trouxera à mente antigos barulhos escolares, aquele ir e vir perigoso de vozes que anunciavam a guerra e que em geral conduziam à exacerbação dos alunos, que acabavam levando o professor à loucura. "É curioso", acrescentou Mayol, "esse ir e vir de vozes anunciava a guerra, e ela chegou um dia e chegou de verdade, deixando minha adolescência interrompida, a guerra civil veio acabar com meus dias escolares e arrasar com tudo".

Ficou melancólico. Parecia de repente atraído por ser o personagem de meu romance, mas sem saber admiti-lo para mim. Explicou que viajar sozinho vinha aos poucos se transformando numa experiência interessante. "Quando você viaja com alguém", disse-me, "sempre tende a olhar para o que o rodeia com estranhamento, enquanto, quando viaja sozinho, o estranho é sempre você".

"Essa frase também ficaria bem para começar meu romance sobre você", eu disse. Ele fingiu não ter escutado, e contou que sonhava freqüentemente estar escapando de um hotel sombrio onde morava há uma infinidade de anos, sem ter se incomodado nunca em pagar a conta. "Um sonho bem catalão", limitei-me a dizer, brincando. "Conheço de memória", continuou ele, "a rampa perigosa pela qual eu fujo e que se encontra ao pé de um elevador de cargas, sempre fujo por ali, às vezes até entro para falar com o porteiro, a quem conheço de toda a vida, e penso que vai me passar a conta de não sei quantos anos, e no entanto não cobra nunca, em ocasiões chega até a me mostrar a rampa clandestina para que continue fugindo por ela à vontade".

Não deixei de aproveitar a ocasião e o convidei para morar com as despesas pagas no Bom Jesus durante todo o tempo que demorasse para me contar sua aventura solitária pelas terras de Portugal ou, o que vinha a dar no mesmo – aí arrisquei-me a ser mandado para o inferno –, todo o tempo que demorasse para me contar, em detalhes, sua imersão radical na melancolia.

Parece-me que, além de meu temor ser infundado, foi a palavra imersão, mais do que a palavra melancolia, que promoveu o milagre. De repente Mayol me disse que dinheiro não lhe faltava e, portanto, não podia aceitar de forma alguma minha oferta de pagar o hotel, mas que – e isto ele disse com o inequívoco estilo dos que decidem nos fazer um favor mas querem deixar claro que o fazem com a mais infinita inapetência – estava disposto a me contar, sempre pagando o hotel, a história de sua errância portuguesa. Enquanto me dava esta que para mim era uma excelente notícia, a noite desabou sobre Funchal.

Olhamo-nos em silêncio e, quando eu ia dizer que não se arrependeria da decisão, tornou a me falar da algazarra colegial e da sugestão escolar de tempo eterno que havia tido quando a roda, após os inquietantes minutos iniciais da guerra aberta, se transformara num remanso de paz dominado pelo inefável fastio da monotonia.

Suas palavras me lembraram o dia em que deixei para sempre a escola e dei uma última olhada no pátio de recreio e me pareceu que ele, para mim e para sempre, ficava ali deserto e abandonado como uma eternidade quadrangular. Depois, olhei para a lua, acendi um cigarro. Quando tornei a baixar o olhar, também com a sugestão escolar de tempo eterno, vi, repousando imóveis sobre a bandeja metálica de nossa mesa, as xícaras de café frio ali abandonadas.

Mão sem linha

Que destino nos revela a mão sem linha da vida?

Al Berto, *Uma existência de papel*

Excepcional capacidade para afundar

Na manhã seguinte, quando Mayol acordou de um sonho intranqüilo, pegou-se na cama transformado numa ilha solitária. Foi somente uma sensação, tão breve quanto enganosa, uma fugaz alucinação, mas ficou bastante tocado, impressionado de ter sido capaz de pensar, mesmo só por alguns segundos, que se tinha transformado numa ilha deserta. Toda a culpa era do sonho do qual acabava de acordar. "É claro que no fundo somos todos ilhas e estamos sozinhos, essa é uma grande verdade", murmurou Mayol, tentando exprimir a primeira coisa que lhe vinha à mente e procurando assim rechaçar o quanto antes o sonho do qual acabava de acordar.

Foi ao banheiro e sem olhar no espelho lavou o rosto, como se essa prosaica e rotineira tarefa matinal pudesse ajudá-lo a apagar a sensação passageira de ter se visto transformado numa ilha. Depois, procurou em sua mão esquerda a linha da vida e foi novamente atingido pelo impacto daquele sonho em que se vira transformado numa ilha longínqua, flutuando num crepúsculo infinito onde os dias passavam lentos, lentíssimos, sem ninguém.

"Preciso de um suco de laranja", murmurou numa nova tentativa de afugentar o estranho sonho que acabara de ter e que o impedia de olhar pela janela, devido ao temor de que ela não desse para casas de cores variadas e para um oceano, mas sim para um deserto mortal onde se fundiam indistintamente o céu e a terra cinza. Preciso de um suco de laranja, um café com leite e de me olhar no espelho e depois olhar pela janela e acabar com o desassossego e com os medos que esse maldito sonho me causou, pensou Mayol.

Repetiu a operação de lavar o rosto e, quando decidiu finalmente procurar o rosto no espelho, viu um velho feliz e submerso, todo um paradoxo. Ou talvez não. Porque, quem diria, sentir-se um velho cada dia mais submerso proporcionava-lhe uma saudável e estranha felicidade, como se o seu projeto deliberado de submergir no fundo do próprio abismo estivesse dando finalmente um sentido digno à sua vida.

Ligou para o restaurante do hotel e pediu um café-da-manhã digno. Fizeram-no repetir o pedido, é claro, e ele esteve a ponto então de repetir seu pedido de forma altiva, e também sentiu o impulso de dizer: Tragam-me um café compacto e completo, como dizem que era o universo no primeiro dia de sua criação. Mas, por fim, contendo uma maliciosa risadinha de adolescente, acabou dizendo com voz fingida de ancião venerável: "Um café-da-manhã completo, por favor."

Brincava. Parecia um adolescente às portas de crescer e amadurecer. À espera do café-da-manhã, ficou pensando em como sentia-se bem em Funchal, com amigos novos, bagunceiros e não tão grosseiros como os que tinha na sonolenta roda de Barcelona. Pensou também no pouco que faltava para começar a ver os anos de sua vida em Barcelona como um daqueles sonhos de que nos esquecemos assim que possível, já que só nos remetem a uma incômoda e inútil angústia. Sentir-se submerso, ao contrário, era útil sim, ao menos lhe parecia, pois sentia-se confortável quando lhe chegava a impressão de afundar. Era fantástico perceber que afundava, talvez porque pela primeira vez em sua vida sabia ao menos para onde se dirigia, estava muito claro, não fazia senão ver uma imagem muito concreta de si mesmo descendo em posição radicalmente vertical para o mais absoluto vazio, a caminho do completo afundamento.

O destino não tinha querido afundá-lo como ser humano? Pois bem, de acordo, afundaria e amém, não faria disso um problema. Se o destino acreditava que ficaria muito afetado por algo assim, estava redondamente enganado. Nada agregava tanto suas aspirações na vida como sentir-se afundando. Havia algo muito atrativo no fato de jogar uma partida sorridente e mortal com as forças do destino.

Pensou em sua mulher e chegou à conclusão de que, além do ódio pelo fato de o ter abandonado, sentia também piedade e até verdadeiro amor, amor pela proximidade da longa vida vivida e perdida em sua companhia.

Pensou na vida e voltou a pensar que era muito belo afundar. Que faltava muito pouco para não ser absolutamente ninguém e não ser nada; ser um pobre velho que afundava era sem dúvida a coisa mais fantástica! Era perfeito saber que logo não seria ninguém na vida; de fato, há muito tempo tinha deixado de lutar por ela. Que sentimento mais agradável, poder dispensar todos aqueles movimentos obscenos que os jovens realizam quando, na saída do colégio e da adolescência, começam a pipocar as espinhas da cara e a se impor a obrigação de encontrar um lugar na vida!

Que maravilha olhar no espelho e ver a figura de um velho de boa aparência, empenhado em deixar que as coisas lhe chegassem e depois fossem embora desprovidas de sentido, diferente do que acontecia com os pobres jovens, sempre aflitos por se integrar à sociedade. Além do mais, pensava Mayol, só o velho é um verdadeiro homem, porque está fora de lugar. Que absurdo pensar que um homem deve ocupar um lugar na vida, que absurdo, e no entanto muitos jovens acreditam que devem lutar para conseguir um espaço no mundo, espaço este que não existe porque todos os homens estão fora de lugar, mas só o velho tem consciência e por isso pode sentir-se feliz ao ficar fora do mundo, afundando cada dia mais no seu atraente abismo próprio. Além disso, pensava Mayol, o velho pode enganar a morte e brincar com ela, imitando a astúcia enganosa da vida.

Era magnífico sentir-se afundado e ser velho e ter a capacidade de afundar ainda mais. Era uma dupla maravilha, levando-se em consideração que, além disso, a velhice era ainda a idade mais próxima da grande mudança, a famosa morte a que se atribui a fabulosa possibilidade de mudar tudo. E pensou que estava próximo da grande mudança, pensou que não era nada mal a visita da morte estar próxima, uma visita que lhe permitiria desaparecer, afundar completamente e – que Deus o perdoasse – ver como a vida continuava sem ele, perfeitamente igual e insignificante; sua vida não tinha a menor importância, nem – que Deus o perdoasse de novo – a dos outros, nada tinha importância se nos déssemos ao trabalho de olhar bem para o mundo.

Nesse momento, mesmo sem estar totalmente consciente do fato, Mayol deixou de ser católico. Sem que existisse a menor relação entre uma coisa e outra, quase no mesmo momento Mayol deixou de se olhar no espelho. E, ao pensar que os velhos eram os únicos que podiam gozar da faculdade de preencher de vida o espaço vazio da vida, sentiu vontade de preencher com suas fantasias todas as casas dos portos metafísicos que, daquele dia em diante, seu convencido filho Julián conseguisse desenhar em horríveis telas. Vou ainda mais longe – disse a si mesmo Mayol, sentindo-se cada vez mais propenso a encadear todo tipo de pensamento sobre a velhice –, como o jogador que tenho sido, percebo agora que o velho entende melhor o jogo do que o próprio jogador porque, estando de fora, não se distrai com o esforço a que está obrigado quem participa.

Sem estar inteiramente consciente disso, Mayol deixou de se considerar um jogador de pôquer. Depois encadeou novos pensamentos sobre a velhice e disse a si mesmo que todas as suas reflexões poderiam se mostrar muito úteis nessa mesma tarde no Campanário se, por exemplo, lhe perguntassem qual era o último livro que tinha lido. Um ensaio de Antonio Geli, poderia lhes dizer, ensaio que reflete sobre a velhice. Poderia fazer de conta que eram suas as idéias de Antonio Geli, remetê-los a suas obras completas, impossíveis de encontrar na Madeira.

Também pensou que era fantástico sentir que afundava cada vez mais e notar que demonstrava uma capacidade excepcional para isso. Questionou se era normal aquela viagem desesperada que começara há alguns dias em Barcelona estar contribuindo tanto, e tão rapidamente, para fazê-lo esquecer, como se fosse um sonho, muitas das coisas – sua família, por exemplo – que não gostava mais de considerar como reais.

Pouco depois de se perguntar sobre isso, ousou por fim olhar pela janela e viu um horizonte em que se fundiam a eterna verdade vazia do céu da Madeira com o perfeito azul entre os azuis do Atlântico. E, ao lembrar que ainda poderia ser atormentado pela sardana, tomou suas precauções e começou a assobiar uma *habanera*; era como se exprimisse certa nostalgia do mundo perdido de uma ilha.

Tomou o café-da-manhã, saiu para a rua. De repente desejou que lhe acontecesse alguma coisa o mais rápido possível, algo anedótico que, no caso de sua dissertação sobre a filosofia de Antonio Geli mostrar-se insuficiente, servisse à tarde na roda como assunto alternativo para, feito no dia anterior, desviar a atenção e, ao contar uma anedota, evitar que descobrissem com toda clareza o quanto era um escandaloso e um perfeito zero à esquerda como leitor.

Torcendo para que acontecesse algo, juntou-se na avenida Arriaga a um grupo de turistas que faziam uma visita às mais antigas caves de vinho da ilha, e participou de uma degustação gratuita que o levou finalmente a comprar garrafas das marcas – Blandy, Leacock e Cossart – que considerou mais envelhecidas. Saiu carregando uma sacola muito pesada, razão pela qual decidiu voltar para o hotel. Pensava que deveria aguardar a melhor ocasião até lhe ocorrer algo possível de ser usado como cortina de fumaça na roda, quando foi dar literalmente de cara num cartaz de letras vermelhas e azuis na entrada do Teatro Baltazar Dias. Quase sem querer, leu: "Colóquio Internacional Sobre as Ilhas e sua Mitologia". Embaixo, como subtítulo, uma citação de Keats: "Ser o visitante apaixonado de inumeráveis ilhas..."

Ontem estava no colégio e hoje entro na universidade, disse a si mesmo Mayol, rindo ao ver que o colóquio era organizado pela Universidade da Madeira. Decidiu entrar um momento para ver do que se tratava, entrou com a pesada sacola de vinhos e com a idéia de dar uma simples olhada no teatro e ir embora, mas ficou estranhamente preso pela beleza das palavras, naquele momento, num auditório com a platéia repleta, proferidas por um tal Silveira, professor dos Açores, que dissertava sobre o mito das Ilhas Afortunadas.

A espantosa grandeza daquele mito que atravessa trinta séculos de história e cultura – escutou o professor Silveira dizer – se explica pelo eterno sonho humano de vencer as doenças e a morte e ao mesmo tempo pelo temor do além. O homem nunca desejou um paraíso fora da terra e cujo tipo de bem-aventurança não conseguisse imaginar. Sempre esteve convencido, de forma mais ou menos consciente, de que o Paraíso poderia estar na terra, se fosse possível viver em algum lugar sem os aspectos tristes e dolorosos da existência.

Mayol, de repente, interessado num tema que parecia afetá-lo intimamente, sentou-se num dos poucos bancos que restavam livres, na última fila. "Tudo copiado de Manfredi", sussurrou no seu ouvido o vizinho de poltrona, um homem sentado à sua esquerda que aparentava uns cinqüenta anos, incrivelmente calvo e muito bronzeado, bem barbeado, óculos de acrílico que ocultavam uma ausência infantil de sobrancelhas e um lábio superior simiesco. Incomodou Mayol a intromissão daquele sujeito e também seu aspecto físico; decidiu olhar para quem estava sentado à sua direita, procurando se acalmar com um rosto mais cálido e agradável, se possível feminino. Mas tropeçou com algo ainda mais horrível, um estudante de cabelo curto, bochechudo, de calças curtas, nádegas grossas e sapatos de lona. Mayol não poderia ter ficado mais espantado, desolado diante de tanta feiúra. Aquele estudante era tão horrível que preferiu voltar a olhar para o homem dos óculos de acrílico, a quem disse que podia ser tudo copiado de Manfredi, mas ainda assim as palavras daquele professor dos Açores eram estupendas.

Se, ao longo de sua vida, Mayol tivesse se dado ao trabalho de ler romances, teria conseguido – tenho certeza de que o homem dos óculos de acrílico não era outro senão o catedrático Almeida – dizer a seu vizinho que não tinha direito de criticar coisas copiadas porque ele, com seus óculos de acrílico e seu lábio superior simiesco, nada mais era do que uma patética imitação do professor Pnin, uma invenção de Nabokov.

"Tudo copiado de Manfredi", repetiu o falso Pnin. "Deixe-me escutar o que vem a seguir", implorou Mayol, quase indignado. "É que a seguir não vem nada", disse o vizinho, e estava certo, porque nesse momento uma ovação maciça do público indicou a Mayol que a conferência chegara ao fim. Como o resto das pessoas na sala, Mayol ficou em pé e aplaudiu. De quebra, deu uma olhada geral para a platéia, tentando descobrir algum dos integrantes da roda que, à tarde, no Campanário, pudesse lhe estender um certificado de boa conduta e máxima sintonia com a cultura.

Mas ninguém da roda se encontrava ali. Mayol já deixava o teatro quando apareceu um novo palestrante, uma negra colossal de uns trinta anos, muito bela, de gestos arrogantes. "Professora de Cabo Verde e muito competente", informou o falso Pnin. Mayol hesitou entre ir embora, ficar ou discutir com seu vizinho intrometido. Finalmente optou por sentar, afinal, não tinha pressa. A negra abriu uma garrafa de água mineral, bebeu com certa compulsão e quase de surpresa começou a falar, a dissertar sobre a palavra travessia, e disse – com uma voz, conforme o discurso se firmava, cada vez mais cálida e hipnotizante para Mayol – que a peregrinação, a passagem e a navegação eram formas diversas de exprimir o mesmo: o avanço de um estado natural para um estado de consciência por meio de uma etapa em que a travessia simbolizava justamente o esforço de superação e a consciência que o acompanha.

Depois, citou o místico árabe Hallaj, martirizado por pregar que a peregrinação à Meca podia ser substituída por uma busca interior. Acrescentou, no mesmo sentido, que estudar e viajar sempre foram vistos como atos equivalentes. Mayol *não* entendia muito o que ouvia, mas supria isso deixando que as palavras e as frases soltas que captava lhe permitissem viajar por elas, reinventando a conferência a seu gosto. Não se tinha sentido melhor em toda a viagem. Teria gostado que sua mulher, os filhos e até os corrompidos amigos da roda barcelonense pudessem vê-lo por um buraco e conseguissem perceber que estava se transformando numa pessoa diferente, até indo à universidade e se deixando felizmente afundar ali na Madeira, dotado subitamente de uma extraordinária capacidade de afundar sem problemas, de afundar em todos os sentidos e com todos os sentidos, de afundar inclusive afundando seu olhar na linha do horizonte de uns livros não escritos, que falavam de uma sabedoria do afastamento, porque escutar a voz cálida da negra o levava a imaginar-se percorrendo caminhos de palavras e frases de um país sobre o qual nada sabia, mas, como lhe tinha acontecido com o palestrante dos Açores, evocava o feitiço do afastamento, falava de um país remoto e talvez não próximo de nada, a não ser do azul do céu e do cheiro de terra molhada. Sim, era como se ao sair de Barcelona tivesse embarcado numa inesperada viagem, capaz de levá-lo à linha do horizonte de uma sabedoria do afastamento, era como se a cultura estivesse entrando nele através da música de palavras e frases soltas, que se aproximavam vindas de países remotos para marcar o compasso de uma desconhecida poesia.

De modo que a cultura era isso, pensou Mayol. E continuou escutando a conferência de maneira selvagem. Pareceu-lhe ouvir a negra dizendo que existiam três tipos de seres humanos: os vivos, os mortos e os marinheiros. Tudo isso tenho que anotar, disse a si mesmo Mayol, e decidiu ir ao vestíbulo e pegar papel e caneta. Esta tarde, pensou, vou dar o grande golpe na roda, dissertando sobre as obras completas de Antonio Geli e falando depois de ilhas e mitologia.

Do vestíbulo voltou com uma esferográfica emprestada e com folhas que ostentavam discretamente, na parte superior, uma propaganda do Banif, o Banco Internacional de Funchal. O intrometido e falso Pnin lançou-lhe um olhar de profundo desagrado, como se quisesse mostrar a Mayol que tomar notas era uma atividade própria de adolescentes, de estudantes com excessivo temor de reprovação. Mas isso era precisamente o que fazia com que Mayol sentisse tanta satisfação, porque o mais encantador, de tudo o que estava acontecendo naquele teatro, era que podia se ver transformado num universitário, e o encantava poder ser o que não tinha podido ser por culpa de uma infeliz e estúpida guerra civil, um aspirante à licenciatura numa disciplina nada vulgar: a sabedoria do afastamento.

Começou a anotar as palavras e frases soltas da negra, e à medida que escrevia seu pulso dançava ao compasso de uma poesia rara: as uvas do mar, mitos de bem-aventurança, lembro de continentes que nunca vi, ilhas perdidas, Moby Dick, exilados perpétuos, país não rima com meu país, o sol dos desterrados, minha raça começou como o mar, páramos ao sol, Alexis Saint-Léger Léger, não é tanto uma viagem mas uma descida, peregrinação ao fundo de si mesmo, ruelas de Ponta Delgada, disse Ulisses que de seu lar conhecia todos os barulhos, o amanhecer nos portos, Lord Jim, sentir-se livre nas ilhas, forças obscuras da natureza humana, ritmo de velas fatigadas, aspirina e Coca-Cola, nunca poderemos ver Ítaca, espumas exaustas, Cabo Verde não é verde, o frenesi final do invejoso, o cabo da corda, as ondas, o coração das trevas, os camarotes da morte, o de sempre se repete mortal no que é novo que passa rapidíssimo.

Quando a conferência acabou, Mayol percebeu que não só com suas anotações podia reconstruir a seu bel prazer e de mil maneiras diferentes aquela palestra, mas que também a magia das palavras e das frases soltas anotadas lhe permitia sintonizar, com facilidade não esperada, esse fantasma que o havia perseguido desde os catorze anos, quando tivera de interromper seus estudos: a cultura.

Enfiou num bolso suas folhas poéticas, pegou a pesada sacola dos vinhos e chegou ao vestíbulo com a intenção de sair à rua, mas nesse instante uma força invisível o entreteve, deixou-o por uns momentos olhando um cartaz que reproduzia a pintura de um tal Arrigo Matei, um quadro intitulado *Os músicos adormecidos*. Ficou observando o quadro intrigado apenas o tempo suficiente para escutar conversas alheias e acabar sabendo que as duas conferências ainda por acontecer aquela manhã eram as mais interessantes.

Movido por uma força invisível, Mayol tornou a entrar na sala, sentou-se o mais longe possível do falso Pnin e, em poucos minutos, já recomeçara a febril atividade de tomar notas. Agora falava um jovem professor do Porto, e o tema de sua palestra era o das ilhas imaginárias, ilhas que – segundo ele – descansavam em livros de sua biblioteca, e falou da ilha Misteriosa, da ilha Isaura, da ilha do Tesouro, da ilha Sonante, da ilha Clarisse e da ilha de Verão ou Scoti Moria.

Para falar dessa última ilha, que também se chamava Flutuante, o palestrante do Porto fez projetar um *slide* em que se podia ver um mapa com uma fotografia em detalhe da ilha inventada. A Flutuante tinha que estar diante do litoral da Inglaterra, e era uma ilha maior do que a Madeira, dividida em quatro regiões: a costa dos Cristãos, Pont-Troynovant, a costa dos Turcos e Virgindade.

Virgindade era habitada pelas náiades, que jogavam bocha e faziam tanto barulho que eram ouvidas em toda a ilha. As náiades eram muito indolentes, preguiçosas demais para produzir vinho, apesar dos esplêndidos vinhedos que possuíam, e apáticas demais para cultivar a terra, embora adorassem os pastos. As náiades falavam uma língua franca e fumavam muitíssimo; fumavam deitadas na relva, olhando para o alto, para o céu, e viviam às vezes numa espécie de êxtase que as conectava com uma idéia, tão nítida quanto angustiante, de infinito.

Quando a conferência terminou, Mayol disse a si mesmo que, para uma ilha inventada, o professor do Porto parecia saber tudo sobre ela, realmente era admirável até que ponto aquele homem conhecia todo tipo de detalhes sobre a ilha imaginária de Flutuante.

De repente Mayol teve um suave ataque de bom senso, um daqueles que em outras épocas o tinham levado, de um lado, a progredir no sensato mundo dos negócios, mas de outro tinham insensatamente esmagado sua imaginação e sua tendência à evasão. Mayol passara quase toda a vida tendo ataques suaves de bom senso e reprimindo sua capacidade inata de imaginar mundos e culturas diferentes e inventados, e agira assim para proteger algo que, desde sua chegada à Madeira, lhe parecia distante, quase irreal e de qualquer maneira estúpido: o bem-estar econômico de sua família.

Ao ter aquele suave ataque de bom senso, Mayol esteve a ponto de rir carinhosamente do sábio professor do Porto e, aproximando-se do especialista em ilhas inventadas, perguntar à queima-roupa se existiam agências de seguros em Flutuante. Mas terminou por se conter a tempo, deixando escapar um sorriso de bendita felicidade. Era evidente que cada vez ficava mais à vontade naquele ambiente universitário. O que mais o satisfazia era pensar em seu horário apertado naquele dia, já que às horas matinais do estudo das ilhas e sua mitologia acrescentava-se o encontro marcado comigo às seis – iríamos preparar um plano de trabalho para meu romance – e o encontro por volta das oito com a roda do Campanário.

Mayol concluiu que nosso futuro é inescrutável e que os caminhos da vida traçam desenhos estranhos. Quem diria que em tão pouco tempo deixava de ser alguém solitário e ocioso para ser uma pessoa extremamente atarefada em todo tipo de assuntos culturais. Escapou-lhe o riso, pensando nisso. Quem diria, repetiu para si mesmo. Depois, cada vez mais invadido por um excelente humor, brincou de se ver como uma ilha inventada, talvez por ainda estar sob os efeitos do sonho intranqüilo com que acordara naquele dia. Imaginou o velho rosto dessa ilha coberto de rugas feito rios profundos e que ao mesmo tempo eram as cicatrizes de sua vida catalã. A ruga principal era um sinal antigo, do tempo da guerra; os ares universitários a estavam transformando numa cicatriz lúdica e muito decorativa, mostrando como era divertido para Mayol ceder de repente, com alegria e sem disciplina, à cultura, a uma cultura livre e pensada exclusivamente por ele e para ele.

Quando surgiu o último palestrante da manhã, que era um jovem professor de Funchal, Mayol ficou chocado com o olhar de profunda preocupação que este dedicou ao público quando subiu ao palco. Por que um olhar assim? Mayol pensou entender que por alguma razão misteriosa tudo preocupava aquele jovem. Mayol aprovou um olhar desse tipo. Afinal, em outros tempos se via problema em qualquer coisa, e não se podia esquecer o fato de que tudo tem sido sempre problemático e que essa era uma verdade que a humanidade estava esquecendo. De modo que Mayol aprovou o olhar preocupado do palestrante de Funchal. Estava apoiando-o mentalmente quando ele renovou o olhar de preocupação e anunciou, com voz grave mas trêmula, que ia dissertar sobre o continente desaparecido da Atlântida.

Mayol teve um sobressalto no coração, o preocupado passou a ser ele. Sua primeira reação foi de autêntico alarme, mas dissimulou-a instintivamente. Disse a si mesmo que não era conveniente entrar em paranóia, mas deveria permanecer muito atento e escutar com máxima cautela; ao menor sinal de aquele expositor ser um involuntário mensageiro da lembrança do filho Julián, deveria abandonar imediatamente a sala, não permitir que estragassem a sua felicidade.

Aferrado à convicção de que tinha uma excepcional capacidade para afundar, não demorou a mergulhar toda sua atenção nas palavras do palestrante e muito especialmente no estranho *slide* que projetava o mapa da terra na época em que a Atlântida ainda existia. Nunca imaginara que, real ou não, fosse tão grandiosa a extensão do continente submerso.

No tal mapa do mundo podia-se ver como, naquela época, não havia para Platão mais do que dois continentes sobre a terra. À esquerda, a Atlântida. E à direita, com o mar Mediterrâneo no centro, um continente formado pela Líbia – o que se conhecia da África –, a Europa e a Ásia.

A Atlântida, explicou o palestrante, aparece no *Timeu* de Platão como uma potência mundial, localizada numa imensa ilha em pleno Atlântico, que ameaçou invadir e escravizar todos os povos do Mediterrâneo e só encontrou resistência tenaz por parte dos gregos, aos quais, não obstante, derrotou, com exceção de aos atenienses.

Depois o palestrante entreteve-se longo tempo relatando como a antiga cidade de Atenas, ou seja, a Atenas dos começos da história, num supremo esforço cheio de grandeza e heroísmo, aniquilou os exércitos atlantes. E finalmente, com grande profusão de detalhes, contou como pouco depois do trunfo ateniense fortes sacudidas telúricas engoliram o exército vencedor e toda a ilha da Atlântida.

O segundo e último *slide* deixou Mayol inquieto. Era um mapa da Grande Planície, um arrabalde localizado ao norte da capital de Atlântida. Essa região possuía vinte e nove canais verticais e dezenove horizontais. A Grande Planície, pela perfeita geometria quadriculada de suas ruas e canais, lembrou a Mayol o que o arquiteto Cerdà originariamente idealizara para o Ensanche de Barcelona.

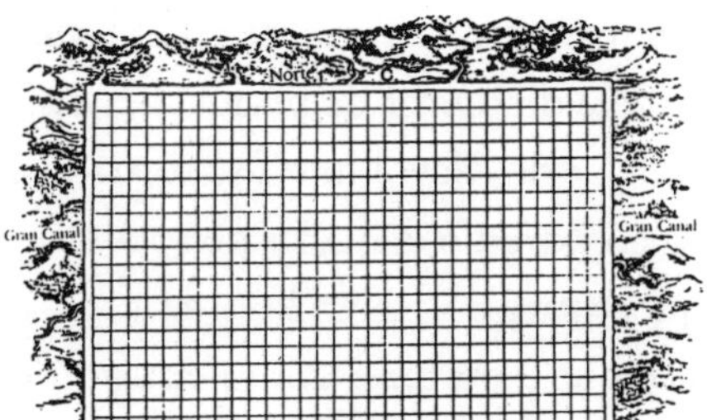

A Grande Planície, ao norte da capital da Atlântida. As linhas que se cruzam são os canais, 29 verticais e 19 horizontais, aos quais teriam que se acrescentar os oblíquos. Ao sul (A) está a metrópole.

Sem poder evitar, Mayol começou a associar certa nostalgia do Ensanche – onde tinha nascido – com a melancolia que lhe inspirava o continente submerso da Atlântida.

"Eu sim, sou da Atlântida", me diria Mayol naquele mesmo dia, quando nos encontramos às seis da tarde. Seus olhos tinham um brilho estranho. Como não entendi a que se referia ao dizer que era da Atlântida, pedi explicações, e foi quando ele começou a me falar obsessivamente do filho Julián e de suas pretensões artísticas e de como era imbecil e da carta que naquela mesma tarde pensava mandar a Barcelona, comunicando-lhe que seu pai, ele sim, era realmente da Atlântida, e que pretendia voltar à pátria submersa, da qual nunca devia ter saído, aproveitando sua excepcional capacidade para afundar.

– Com o pretexto de ser um gênio que algum dia iria triunfar – disse-me Mayol –, estive pagando todos os seus gastos até muito pouco tempo. E sabe como agradeceu? Me tratando como a um pobre negociante inculto. Merece minha vingança.

Nunca o tinha ouvido falar com tamanho rancor de um filho. Confirmei, por outro lado, através de sua obsessiva descrição da última visita ao ateliê do pintor de portos metafísicos, que num só dia a maneira de falar de Mayol havia se tornado especial. Mesmo que não chegasse ao extremo daquelas pessoas que são incapazes de descrever qualquer situação isolando-a de uma atividade geral – esse tipo de gente que para dizer como entrou numa casa precisa explicar que limpou os sapatos, tocou a campainha, empurrou a porta e entrou, e a porta se fechou por trás dela –, Mayol passara a pertencer – talvez influenciado por minhas palavras da noite anterior, quando disse a ele que a vida de alguém não existia se não era narrada e fixada num papel – a essa classe de indivíduos que julgam cada cena de sua vida um grande acontecimento, do qual deve-se narrar grande parte dos pensamentos, palavras e ações que contém.

Procurando mudar de assunto, perguntei o que fizera durante o dia. Ele então me contou, detendo-se em minúcias, as conferências do teatro Baltazar Dias. E foi assim que a Atlântida reapareceu. A última palestra daquela manhã girara em torno da ilha desaparecida. Ao término da intervenção do professor de Funchal, Mayol havia deixado o teatro um tanto perturbado pela enorme quantidade de informações que em tão pouco tempo havia recebido. Dirigiu-se ao hotel para deixar a pesada sacola dos vinhos e, no acaso das ruas, numa esquina próxima da rua do Bom Jesus, encontrou Pablo, a meio caminho entre uma tinturaria e outra, e suando a camisa. Não estranhou encontrar seu sobrinho, pois este dava a impressão de estar sempre tão perdido que estava em todo canto.

– Estou com uma ressaca monstra – disse Pablo. – Você não faz idéia de como as tinturarias Sentinela me chateiam. Outra coisa, Ribera já o apresentou à Rita?

Fez essa pergunta com uma cara péssima, um ar de cachorro maltratado. Era um daqueles homens incapazes de compreender por que uma mulher os deixou por outro. Mayol já agüentava o bastante com seu próprio drama, com a interrogação criada dentro dele após o abandono da mulher, já agüentava o bastante com seu caso para além disso carregar o do sobrinho.

– Não – respondeu Mayol. – Logo irei conhecê-la, suponho, há tempo de sobra. Mas você não deve se angustiar com isso. Nem com isso nem com nada. Olhe como seu tio está superando um caso parecido. Olhe, Pablo, pense no aspecto positivo da questão, pense que você não conhece uma mulher de verdade até ela ficar contra você.

Mayol sentia-se enojado de si mesmo, precisando dar conselhos sobre o tema das mulheres que abandonam seus maridos. Passara muitos dias tentando esquecer seu problema e era uma chatice ele reaparecer no drama paralelo do sobrinho.

– Penso nela o tempo todo – insistiu Pablo, para desespero de Mayol –, todo o tempo penso em como deve me ver. Bom, deve me ver como uma pessoa que bebe muito, um desgraçado com algumas tinturarias que o pai lhe deixou e agora funcionam sozinhas, deixando o pobre herdeiro sem o que fazer. Nem com ela nem com o mundo nem com a roupa limpa. Só tenho que tomar cuidado para não ser roubado pelos meus funcionários, e pouca coisa mais. É patético, tenho certeza de que acha isso. Sim, sou patético. Ainda bem que você apareceu...

Era o que faltava. Seu sobrinho esperava que ele ajudasse. Esteve a ponto de dizer a Pablo o mesmo que já lhe tinham dito em Barcelona, esteve a ponto de dizer que ninguém poderia fazer nada por ele. Mas não quis se incomodar nem mesmo em dizer isso, nem em dizer qualquer outra coisa. O sobrinho o cansava mais do que a sacola pesada dos vinhos e, ainda por cima, seu destino de corno era para Mayol completamente indiferente. Além disso, não se lembrava com demasiado entusiasmo do pai de Pablo, o qual, trinta anos antes, no Porto, não soubera enxergar nele nada mais do que um novo-rico, a quem só interessavam os cassinos, as monarquias no exílio e a riqueza dos bairros senhoriais. Por fim, na sua idade, Mayol não sentia vontade de ajudar ninguém, supondo que Pablo pudesse ser ajudado. Havia muito pouco a fazer por ele, nada na verdade, era absurdo e sem dúvida inútil tentar estender-lhe uma mão católica, já que não só aquele bagaço humano – o pobre capataz de tinturarias portuguesas, pensou com malícia – não lhe despertava simpatia nenhuma como, analisando bem, Pablo tinha toda a razão do mundo em estar desesperado. Corno, fantasma de tinturarias de segunda, órfão, bêbado, burro e tonto, sem ter sequer a capacidade para afundar totalmente. Quem no seu lugar não se desesperaria? O caso de Pablo não tinha solução, o melhor que podia fazer era suicidar-se. Nisso, sim, poderia ajudar. Que se matasse. Era o melhor para ele. Aquele sobrinho não lhe interessava nem um pouco e, como se não bastasse – era o pior de tudo –, tinha gestos de seu filho Julián. Decidiu castigá-lo sem clemência, para desesperá-lo ainda mais.

– Menti para você um minuto atrás – disse Mayol. – Na verdade, vi a Rita ontem, jantei na sua casa. É bem bonita e muito agradável e está, para que mentir, bem apaixonada por Ribera. Ela detestava, disse-me, o fato de suas cuecas estarem sempre com merda, apesar de você ser dono de tantas tinturarias. Sim, ela detesta você, essa é a verdade. Hoje tenho um dia muito ocupado, nem imagina.

Pobre Pablo. Não podia acreditar no que acabara de ouvir.

– Ela disse tudo isso? – perguntou.

– E outras coisas mais que prefiro calar.

Mayol decidiu retomar o caminho para o hotel. Ao deter-se, pouco depois, para contemplar as prateleiras de revistas antigas e livros usados de um vendedor ambulante, teve idéia de procurar um livro em catalão, *L'Atlàntida*, de Verdaguer, por exemplo. Como esperava, não havia nenhum. Pensou que era uma pena porque, qualquer que fosse o livro, ele o teria comprado. Fazia dias que não falava catalão com ninguém, que não lia nada em catalão. De repente, pareceu notar em seu próprio pescoço o bafo alcoólico de Pablo. Virou-se e viu que o sobrinho continuava ali. Para mandá-lo embora de uma vez por todas, disse-lhe que, se o deixasse em paz essa tarde e não o encontrasse bêbado na roda, estava disposto a comprar todas as tinturarias e assim financiar-lhe uma livraria. Mentira tão piedosa quanto envenenada, uma mentira mais para acrescentar à de que tinha visto Rita. Na verdade, não pretendia fazer nada disso, só queria que fosse embora.

– Então você vai à roda? – perguntou Pablo.

– Irei se minha agenda cheia o permitir. Mas, agora, faça-me o favor de ir embora, e se cuide, sobretudo, não beba. Se à tarde estiver sóbrio, vai recuperar seu pai – foi um lapso –, digo, seu tio.

Certo de que o sobrinho obedeceria, tornou a olhar para a mercadoria do vendedor ambulante. Intrigou-o o título de um livro, pediu para traduzir para o espanhol e confirmou o que suspeitava, o livro se chamava *A cadeira vazia*.

Sabia que o vendedor não conseguiria explicar do que tratava o pequeno volume, um livro de bolso, mas ainda assim, para se divertir, perguntou de que tratava *A cadeira vazia*.

– É isso – disse o vendedor –, fala de uma cadeira vazia. É muito bom, me disseram.

– Melhor do que comprar uma cadeira?

– Melhor – disse Pablo.

– Mas – indignou-se Mayol –, eu não lhe disse para me deixar em paz? Você é um estorvo.

O vendedor olhou para o tio e o sobrinho como quem observa dois excêntricos compradores de livros usados. Mayol decidiu comprar *A cadeira vazia* e se refugiar o quanto antes no hotel. O vendedor colocou um preço tão alto no livro que Mayol não teve outro remédio senão pechinchar. Pablo tentou ajudar na operação de compra, o que tirou Mayol do sério e o levou a soltar os cachorros contra ele. Lembrando-se da gratuita reprimenda que injustamente havia feito a Julián da Atlântida sobre os excessos do álcool, despejou com fúria um colérico discurso, neste caso, pensou Mayol, mais do que justificado.

– Você deve se desfazer – disse ao sobrinho – de tudo o que antes funcionava, é importante não ficar imóvel, é preciso saber mudar de pele. Mas, como você é um covarde e não se julga capaz de fazê-lo, dedica-se à bebida. Suma da minha vista, não suporto os bêbados. Se essa noite eu o encontrar sóbrio, terá sua recompensa, é uma oportunidade que estou lhe dando. Se essa noite o vir sereno, terá uma livraria no lugar de quatro tinturarias imundas.

– Mas eu não quero livraria nenhuma... – protestou Pablo.

– Não vou repetir mais. Vá embora e, se essa noite o encontrar bem, vou comprar todas as tinturarias e assim poderá montar um negócio estimulante. Vou até procurar uma mulher para você, porque não é bom que um homem fique sozinho, mas agora, por favor, vá embora, essa é a hora do dia que eu dedico à leitura, vá embora.

Já no hotel, por fim sozinho, Mayol deu uma olhada no livro que, após a incômoda pechincha, havia conseguido comprar, e constatou – ele mostrou para mim naquele dia às seis da tarde, estava feliz com a aquisição – tratar-se de um volume de sábios e breves conselhos assinado pelo rabino Nachman de Breslau, um ucraniano neto do fundador do hassidismo, a corrente mística judaica inspirada na Cabala.

Leu para mim em voz alta um dos conselhos sábios e breves:

– Fale com Deus com suas próprias palavras, pense por si próprio e acredite em suas próprias preces.

Mayol havia almoçado sozinho nesse dia no hotel Reads, dedicando-se a duas interessantes atividades. A primeira consistira em contar o número de pessoas na sala de jantar que provavelmente o superavam em idade; fez mais de uma trapaça e contou catorze, sentindo-se mais jovem do que quando tinha entrado. A segunda de suas atividades foi de caráter mais culto, dedicou-se a sublinhar muitos dos pensamentos e conselhos sábios e breves de *A cadeira vazia.* Leu mais um para mim, também em voz alta:

– O despertar espiritual começa com uma inspiração que vem de fora.

E depois mais um:

– Não cometa o mesmo erro que as pessoas que se deixam ficar presas a seus hábitos e não aceitam a mudança.

Até ousou inventar um conselho sábio, que era de sua própria lavra:

– Todos vocês na roda acreditam ser bem informados, alguns certamente têm internet, mas são uns desconhecidos para si mesmos, deviam se conhecer mais, saber pensar por conta própria e ser capazes de criar suas próprias preces.

Eu não sabia – escutá-lo falar de internet, por exemplo, era no mínimo surpreendente – se ele dizia tudo aquilo para sair favorecido no meu romance. Mas não era isso o que mais chamava minha atenção, o que me deixava atônito era seu comportamento, de criança com sapatos novos, em relação àquele livrinho judeu. Parecia um novo-rico da cultura, e terminei me perguntando se não teria razão o filho dele quando o tratou de comerciante inculto. Decidi submeter Mayol a uma simples prova, a meu ver suficiente para descobrir o que desejava. Perguntei a ele qual era seu escritor preferido. Eu esperava muitas respostas, não a que ele me deu.

– Você – respondeu.

– Então não é Cervantes? – respondi rapidamente, para não demonstrar que tinha mexido comigo.

Sorriu.

– Olhe – disse –, se quiser me transformar num romance, é melhor que saiba que precisará guardar, durante algum tempo, um segredo. É algo de que me envergonho, um segredo que só eu conheço. Vai saber guardá-lo? Tem que jurar.

Não queria rir dele nem de seu segredo, mas também era verdade que tinha me oferecido de bandeja uma resposta divertida, eu disse:

– O que devo jurar? Mas como quer que eu guarde um segredo se você é o primeiro incapaz de fazê-lo?

– Tudo bem – disse Mayol –, acho que nem precisa que eu conte o segredo, acho que você já descobriu. Eu sou, de fato, uma pessoa não muito instruída, essa é a verdade. A vida não me deixou ler. A guerra é a culpada, eu acho que minha geração tem sido a mais castigada de toda a história da Catalunha...

– Mas está tudo certo, não precisa ficar assim – interrompi, ao vê-lo tão excitado e até sofrendo enquanto falava –, eu também não pude ir à universidade, meus pais não tinham meios, mas acordei por conta própria, li tudo que caía em minhas mãos, e enfim hoje posso dizer com orgulho que sou um autodidata. Acho que está tudo bem, não creio que seja tão grave assim.

Percebi nesse momento que Mayol e eu tínhamos um ponto em comum: ambos lamentávamos a falta de estudos nos anos de nossa formação. Mas Mayol lamentava muito mais, vivia mal com isso. Parecia-me exagerada aquela preocupação. Também percebi nesse momento que, do seu ponto de vista, poderia ser terapêutico o ato de contar sua viagem portuguesa para o meu romance, prova disso é que fora impelido, logo no começo, a confessar sua ignorância, certo de que o tinha feito porque precisava desabafar.

– Como não é tão grave assim? – continuou desabafando. – Você está louco, claro que é grave, larguei os estudos aos catorze anos e quando a guerra acabou tive de trabalhar como um burro de carga e logo depois tive de sustentar uma família e filhos, tão meigos e desejáveis mas que cresceram e um deles chegou a rir de mim e me humilhar, e eu sofri muito com isso e com tudo, por ter tido de lutar tanto pelo bem-estar dos outros, por ter lutado por eles e não por mim – fechou com raiva contida o punho da mão direita –, e a gente se pergunta no final para quê, no final para acabar sendo pago com a moeda do desprezo, é horrível, acredite. Mas enfim, eu queria... Não quero que na roda saibam que sou uma pessoa pouco instruída, vou fazer o possível para que não percebam, e conto com a sua discrição. Nada seria pior do que me sentir diminuído entre eles.

– Por isso comprou *A cadeira vazia*...

– Em parte por isso, e em parte porque o título me intrigou. Lembrei-me de uma poltrona muito minha, que eu tinha em Barcelona, minha poltrona vazia – foi muito breve embora intensa a expressão melancólica de seu rosto –, e depois tenho pensado nas cadeiras em que sentei para escutar as conferências, e não sei... Enfim, de repente pensei que esses últimos dias, desde que saí de Barcelona, poderiam ser resumidos dizendo-se que viajei de uma poltrona a outra...

Não entendi muito bem o que queria me dizer, acho que nem ele sabia.

– Do singular para o plural – disse eu para não ficar calado e evitar uma atmosfera de incomunicabilidade. Olhou para mim, era claro que não tinha entendido o que eu queria dizer, nem eu entendia.

Criou-se precisamente o silêncio incômodo que tentei evitar. Então Mayol começou a contar que *A cadeira vazia* era perfeito para não deixá-lo exposto aquela tarde na roda do Campanário, quando perguntassem pelo último livro que tinha lido. Também me disse que planejara citar Antonio Geli, escritor por ele inventado tomando o nome e o sobrenome de um amigo já morto, para o caso de sua corda na roda acabar e não ser o bastante falar de *A cadeira vazia* ou das palestras matinais sobre o tema das ilhas e sua mitologia.

Fiquei bastante surpreso, mas fiquei ainda mais surpreso quando, uma hora depois, já na roda, Mayol me deu uma demonstração de sua extrema facilidade para a impostura e também para afundar em suas próprias invenções e levá-las até o fundo do fundo.

Esteves, com brilhantismo e grande interesse, falava de uns ensaios de Claudio Magris, o escritor de Trieste. Mayol, como o restante da roda, escutava com respeitosa atenção.

Esteves disse subitamente:

– Não poderia estar mais de acordo com Magris quando diz que escrever significa transformar a vida em passado, ou seja, envelhecer.

A frase soou perfeita, precisa, indiscutível. Mas nesse instante Mayol pulou e disse:

– O primeiro a exprimir essa idéia foi Antonio Geli.

Disse aquilo num tom que terminou em sussurro.

– Quem? – perguntou Manuel da Cunha.

Fiquei paralisado ao ver que Mayol começara a casa pelo telhado. Nem sequer tinha se incomodado em soltar as amarras falando de *A cadeira vazia* ou das conferências que escutara essa manhã. Tinha apelado diretamente – e, ainda por cima, sem nenhuma necessidade – a um escritor inventado. Eu não podia imaginar que Mayol fosse tão ousado.

– Antonio Geli, um gênio – disse Mayol, com um esmagador autocontrole. – Não está traduzido para o português e talvez por isso vocês não tenham ouvido falar nele. Também na Espanha é pouco conhecido, mas foi um grande escritor. – Fez uma breve pausa. – Sobretudo, foi um grande jogador de pôquer. Um bom amigo meu que já morreu. Quem nos apresentou foi Bartolomé Soler, outro escritor que também jogava pôquer.

– Outro escritor que não conheço – disse Pablo, surpreendentemente sereno, se valorizando e aspirando a que o tio montasse uma livraria para ele.

– Bartolomé Soler – disse Mayol – foi muito conhecido em seu tempo, hoje é um escritor esquecido. Mas era muito bom e, além do mais, jogava pôquer como um anjo. Parecia irmão gêmeo de Antonio Geli.

Naquele momento fiquei perplexo diante da desenvoltura com que Mayol inventava escritores, já que para mim Bartolomé Soler era também um autor falso. E no entanto não era. Pelo que pude saber, nas mesas de jogo clandestinas de Barcelona dos anos sessenta, nas mesas em que a cada noite Mayol sentava, podia-se ver toda uma curiosa fauna de pessoas e profissões. Havia advogados, comerciantes, políticos franquistas, policiais, jogadores profissionais *et cetera*. Escritores também havia ou, melhor dizendo, havia só um: Bartolomé Soler, autor de *Não se contam os mortos*. Pelo que pude saber, a lembrança do nome de alguém que ele realmente conhecera caiu como uma luva para Mayol; foi perfeita no momento em que precisava reforçar, dar verossimilhança, à audaz invenção do escritor Antonio Geli.

– Bom – interveio Bastos, desconfiando de Mayol –, gostaria de saber o que foi que Antonio Geli disse que se parece tanto com a frase Magris. Porque a verdade é que com tantos jogadores de pôquer não ficou claro o que disse esse senhor – sorriu ironicamente –, esse senhor tão misterioso.

Também Esteves desconfiava de Mayol e, além do mais, não ocultava a irritação de ter perdido a palavra e de ver como Magris, impunemente, fora trocado por dois jogadores de pôquer.

Manuel da Cunha, ao contrário, não desconfiava de Mayol, e disse que tinha notícia da existência de Bartolomé Soler, pois ouvira falar nesse escritor numa viagem pela Espanha dos anos sessenta.

Por essa eu não esperava, convencido como estava de que Bartolomé Soler era outro escritor inventado. Também Bastos não esperava, embora, de qualquer forma, insistisse em saber qual era a frase de Antonio Geli que tanto lembrava a de Magris.

– Essa frase – disse Mayol – se encontra na primeira linha de seu melhor livro, um ensaio.

– E como se chama o ensaio? – perguntou Esteves.

– *A cultura sem disciplina* – disse Mayol, e ficou muito satisfeito.

Os integrantes da roda se olharam com algum desconcerto.

– E de que trata? – perguntou Esteves.

Mayol ficou um pouco pensativo, não tinha previsto ter que responder isso, finalmente disse:

– Não sei de que trata. Só li as primeiras linhas. Parece-me que fala de uma cultura feita aos tropeções, forjada sem disciplina, não sei... Só sei que a primeira frase é muito boa.

– Você deve estar brincando – disse Bastos.

– Qual é a primeira frase? – perguntou Esteves.

– Escrever significa transformar a vida em passado, ou seja, envelhecer – respondeu Mayol sem pestanejar, com considerável cinismo.

– O senhor gosta de repetir as frases que eu digo – pulou enfurecido Esteves. – Por que, senhor Mayol, por quê?

– Peço desculpas – disse Mayol –, mas eu não tenho culpa de Antonio Geli ter dito essa frase antes de Magris.

Não havia provas para demonstrar que Mayol os estivesse enganando, mas parecia o mais provável, pois ficava difícil acreditar que um jogador de pôquer de Barcelona pronunciasse frases exatamente iguais às de Claudio Magris. A roda entrou num beco sem saída até que Esteves pôde recuperar a palavra e voltou a citar Magris e começou a falar de uma amarga fábula, de uma apologia escrita por um dos maiores narradores do século, Italo Svevo: uma amarga fábula da qual se tinha ocupado repetidas vezes Claudio Magris.

– O protagonista dessa fábula, que tanto fascina Magris – disse Esteves –, é um homem velho que está prestes a deitar. A velha esposa dorme já com o sono pesado e odioso, em que se resume, aos olhos do velho, o irônico e horrível peso da monotonia conjugal. Enquanto se despe, o homem pensa que é meia-noite, hora de Mefistófeles se apresentar e lhe propor o antigo pacto, e pensa que ele estaria certa e prontamente disposto a ceder sua alma, mas sem saber o que pedir em troca: a juventude não, pois é insensata e cruel, embora a velhice seja intolerável; tampouco a imortalidade, porque a vida é insuportável, embora essa conclusão não diminua a angústia da morte. Vocês estão me acompanhando? A história interessa?

– Continue, por favor – me apressei a dizer, por medo de que Mayol tivesse idéia de dizer qualquer coisa, por exemplo, que a história já fora contada por Antonio Geli.

– Pois bem – prosseguiu Esteves –, o ancião então se dá conta de que não tem o que pedir ao diabo em troca e imagina o desgosto de Mefistófeles, representante de uma empresa com nada atraente a oferecer. O homem velho imagina o diabo coçando a barba, perplexo, e explode numa gargalhada, enquanto entra embaixo dos lençóis. Meio acordada pela risada, a mulher diz: "Feliz é você, que a essa hora da noite tem vontade de rir".

– É isso? – perguntou Manuel da Cunha.

Esteves disse que, de fato, ali terminava a história.

– Essa gargalhada – concluiu com autoridade Esteves –, essa risada que oculta com ironia o suplício de quem já nada espera, é até agora a última praia atingida pelo niilismo ocidental. Nosso futuro está na capacidade de ir além dessa praia, de podermos nos lançar de novo ao mar. Quem sabe o que encontraremos procurando um novo caminho das Índias?

– Esse é o caminho que eu procuro, o das Índias – interveio de novo Mayol. Por sorte não disse mais nada por muito tempo. Foram os demais integrantes que comentaram a fábula de Svevo de que Magris e Esteves tanto gostavam. Durante longo intervalo, Mayol permaneceu calado e não interveio até o final da reunião, quando citou de memória, sem que viesse ao caso, alguns conselhos ou pensamentos de *A cadeira vazia*. Percebi então que ele, na verdade, traduzia a seu bel-prazer esses conselhos judaicos escritos em português. Em alguns casos a tradução de Mayol era literal e acertada, mas em outros era simplesmente uma interpretação livre, feita na medida de seu capricho. Como nas conferências do teatro Baltazar Dias, essas falas o fascinavam principalmente porque não as entendia por completo e as recriava livremente, imaginando o que tivesse vontade, longe de qualquer disciplina ferrenha de leitor.

Esteves, de novo um tanto furioso, o interrompeu para perguntar se aquele livro era também de Antonio Geli.

– *A cadeira vazia*? – disse Mayol. – Não, é um livro de bolso.

Todo mundo pensou que iria acrescentar alguma coisa a mais, mas a frase tinha parado ali.

– É um livro de bolso – dei uma mão a Mayol, – de um escritor judeu, hassídico.

– Hassídico, de fato – disse Mayol, e a seguir tirou do bolso o livro do rabino Nachman de Breslau.

Manuel da Cunha perguntou a Mayol se ele era judeu.

– Talvez – respondeu Mayol.

Esteves olhou para Mayol já com ódio definitivo, tinha quase absoluta certeza de que esse discurso sobre *A cadeira vazia*, o escritor Antonio Geli e sua cultura sem disciplina podia ser simplesmente uma cortina de fumaça que tentava ocultar uma educação cultural lamentável. Esteves – longe de ter pena de Mayol e de pensar que ele fazia tudo isso para poder ter amigos, o que não podia ser mais comovente – começou a olhar com raiva para o homem que interrompera o ponto alto de sua fala sobre Claudio Magris.

Esteves olhou de repente com fúria nada contida para Mayol, este reagiu como um colegial surpreendido no impulso de quebrar, ou já tendo quebrado, alguma regra. Mayol percebeu ser bem possível que Esteves desmascarasse sua impostura cultural e assustou-se quando ele fez um movimento violento para frente, como se quisesse reprovar uma infinidade de coisas. Mayol recostou-se em sua cadeira. Se estivesse de pé, teria recuado um passo.

– Amigo Mayol – disse Esteves –, vejo-me na obrigação de lhe comunicar, caso o senhor ainda não saiba, que eu tive – hesitou em dizer – uma educação de colégio de elite.

– Felicito-o – disse Mayol timidamente, sem entender aonde Esteves queria chegar.

– Felicita-me? É o mínimo que pode fazer. Saiba – Esteves começou a falar num tom mais altivo – que minha família, aqui onde o senhor me vê, foi íntima de sir Winston Churchill. Meu pai, minha mãe, meu avô, minha tia Madalena, todos foram pintores. O grande Churchill veio à Madeira pintar aquarelas e logo estabeleceu relações com minha família e foi o maior artífice para que eu fosse enviado a estudar em Cambridge, no Trinity College de Cambridge.

A palavra Cambridge fez Mayol se lembrar daquele amigo morto, o chefe nacionalista catalão que ele sempre invejara porque pôde estudar em Oxford. Mayol pensou que Esteves parecia saber qual tipo de histórias poderiam lhe fazer inveja.

– Acredite que o invejo – disse Mayol, sem a menor sombra de ironia ou má-fé.

Mas Esteves não entendeu assim.

– Saiba, amigo Mayol – disse num tom cada vez mais solene e ridiculamente presunçoso –, que de mim ninguém ri, ninguém, ouviu bem? Saiba que está falando com alguém que muito jovem, à diferença dos demais – lançou um olhar envenenado para Mayol –, foi enviado a colégios distintos, e mais tarde ao Trinity College de Cambridge, onde lhe designaram aposentos da escada R, grupo 6, no canto sudeste do Great Court, perto de onde Lord Byron tinha um urso preso a uma corrente.

– E então? Continue, continue, não se interrompa – disse Mayol, que começara a ficar incomodado quando o tom de Esteves tornou-se decididamente presunçoso e, sobretudo, bastante ofensivo.

– Não me diga que sente curiosidade de saber por que ele o mantinha preso a uma corrente. Não. Tenho certeza, para o senhor dá na mesma. O senhor faz jus ao refrão inglês – inventado, suponho – que diz que quem se faz passar por culto sem sê-lo deve receber pão duro, açoites e calabouço. Para o senhor tanto faz o urso de Lord Byron, mas agora vai ficar sabendo. Byron o mantinha preso para zombar da regra que proibia ter cachorros no *college*. Compreende? Compreende, senhor Mayol?

– Perdoe-me, senhor Esteves. Vou ser sincero, não entendo por que estamos falando em ursos.

– Não quer entender, é diferente. Como tampouco lhe interessa ouvir-me dizer que eu começava meu dia em Cambridge indo aos banhos do New Court – aqui exacerbou o tom pomposo e presunçoso, exacerbou-o escandalosamente –, no fim da Trinity Lane, vestindo uma fantástica bata cor púrpura como a que eu tinha e o senhor, mesmo que se imagine elegante, nunca pôde ter, isso dá para se ver à distância, como também se vê que nunca pisou solo inglês, por isso nem se atreve a pronunciar a palavra Cambridge. Ah, como eu gostaria que me visse tal como eu era naquela época! Depois de tomar café-da-manhã na sala de jantar, sob um retrato de Henrique VIII, eu saía todas as manhãs correndo a pé ou de bicicleta em direção a alguma aula no Great Court e lá entrava na fila para escutar algum sábio que se postava diante dos lendários atris de Cambridge...

– O senhor me perdoe, senhor Esteves, mas não entendo por que falamos de atris e de sábios mumificados. Posso compreender que tenha vontade de exibir sua família, amiga de sir Winston Churchill...

– Churchill – corrigiu Esteves, pronunciando o sobrenome com sotaque inglês impecável.

– Churchill – disse Mayol. – Posso entender que o senhor fale naquele gordo que chegou a ser primeiro-ministro, mas não entendo por que temos de falar de ursos ou atris. Por outro lado, devo dizer que não existem tantas diferenças entre o senhor e mim. Minha família não conheceu gente importante, mas eu sim. Sem querer ir mais longe, sou amigo de destacados políticos catalães...

– Não é mesma coisa – Esteves deu um murro em sua mesa –, não, não é mesma coisa. Como seria? Não há comparação. Políticos catalães... Por favor, não me faça rir.

Mayol esteve a ponto de perder a paciência. Disse que cada vez entendia menos aonde queria chegar.

– Muito simples – disse Esteves. – Quero que o senhor reconheça que eu tive uma educação de elite.

– Muito bem, reconheço, não me incomodo em fazê-lo. É só isso?

– Não, não é só isso. Também quero que reconheça que o senhor quase não foi à escola, percebe-se que não passou do jardim-de-infância.

Mayol sentiu-se afinal laçado, até enrubesceu. Baixou a cabeça e numa frase, terminada num triste sussurro, sem querer complicar sua vida e ter problemas com alguém da roda, reconheceu sua falta de estudos.

– Assim está melhor – disse Esteves.

– Tem razão, toda a razão do mundo. O senhor é o primeiro da classe e eu, o último.

– Pode fazer todas as brincadeiras que quiser – disse Esteves muito sério –, mas não espere voltar à roda se não reconhecer neste instante que não tem a menor idéia de quem é Claudio Magris.

A roda inteira, calada, na expectativa, aguardava com interesse o desfecho daquela cena.

– É verdade – disse Mayol. – Não tenho idéia de quem é Magris.

– Tampouco sabe quem é Cláudio.

– Tampouco sei quem é Cláudio.

– Cláudio, o imperador romano – precisou Esteves, se assanhando.

– Exato. Também não sei quem é Cláudio, o imperador romano.

Mayol ficou humilhado. Muito triste, pois acabara de receber um golpe baixo na moral otimista e crescente com que, desde sua chegada à ilha, ia superando antigos complexos e frustrações.

Por sorte, a roda se desfez logo depois e terminou sem mais incidentes. Na verdade, terminou melhor do que na véspera, quando tinham ocorrido várias contendas. Nesse dia, ao contrário, o único incidente fora entre Esteves e Mayol, e afinal não tinha sido excessivamente relevante, resolvendo-se com facilidade, graças à pequena humilhação sofrida por Mayol.

Humilhado, Mayol descarregou seu mau humor sobre o pobre Pablo, a quem voltou a prometer a compra das tinturarias para que pudesse montar uma livraria, a melhor de Funchal. Pablo, sem suspeitar que o tio o odiava por ser uma reencarnação do filho Julián, nem protestou desta vez; tinha pensado bem e agora achava a idéia do tio fantástica.

Já no hotel, na solidão do quarto, Mayol começou a refletir sobre seu incidente com Esteves e uma força interior veio em seu socorro. Concluiu que faria muito mal em se abalar com o acontecido.

Acendeu um cigarro e decidiu fumar o problema. Por um momento, foi como se a fumaça e as volutas – avançando em direção à janela elas iam se perdendo na rua do Bom Jesus e afastando-se rumo aos alabastros e aos azuis da noite de Funchal – o ajudassem a ver com clareza o que devia e não devia fazer. Leu o incidente com Esteves da seguinte forma: Esteves não fora outra coisa que a reencarnação de um antigo anjo da morte, daquele anjo da morte da guerra civil que um dia estragara seus estudos; assim como aquela guerra de infausta memória, o anjo da morte tentara repetir a sinistra jogada, nesta ocasião numa tentativa de afastá-lo de sua imaginária, porém sólida, universidade da terceira idade.

Não devo permitir, pensou Mayol, dando uma tragada enérgica no seu cigarro, que esse anjo exterminador volte novamente a atacar, não devo permitir que, mais uma vez, estrague meus estudos, minha vontade de conseguir um certo nível cultural.

Quando, na manhã seguinte, Mayol comentou comigo que havia pensado em tudo aquilo, achei-o muito exagerado, pois seu confronto com Esteves tivera lances bem cômicos. Daí a pensar que se tratasse de um anjo exterminador...

Mas não disse a ele que achava seus pensamentos exagerados, percebi que Mayol precisava se fortalecer na luta contra antigos traumas. Não importava se para isso tivesse de olhar para o Esteves como uma reencarnação do anjo da morte da guerra civil espanhola. Não, não importava. E mais, resolvi lhe dar uma mão e lhe dar corda, e me dediquei a lembrá-lo dos versos de um poeta, a propósito daquela guerra civil e de suas conseqüências incivis, o qual escreveu que de todas as histórias da História sem dúvida a mais triste é a da Espanha, porque acaba mal.

– A sua não pode acabar mal – aconselhei Mayol. – Tem que fazer o possível para sua história não acabar mal, para que esse novo anjo da morte não atrapalhe, esse herdeiro da mais inculta e negra Espanha – agora poderia ser Mayol quem me perguntaria o que estava acontecendo comigo, pensei –, que a moral desse monstro não mine você, mantenha-se forte diante da má idéia de dinamitar seus projetos, siga sua vontade, construindo uma cultura sem disciplina, isso é algo maravilhoso e que, para ser honesto, me parece a verdadeira educação da elite.

Esse meu discurso foi antes de termos a nossa primeira sessão intensiva diante do gravador. Ao longo de dez dias, numa média de duas ou três horas diárias, Mayol foi me ditando e reconstruindo, com a felicidade de quem revive pequenos sucessos, a história de seu desterro, desde o momento quando a mulher o mandara embora de casa até o instante – decidimos que o romance precisava de um final – em que Esteves contou-lhe que tivera uma educação de elite.

Passaram-se já alguns meses desde o dia em que Mayol terminou de me ditar a história de seu exílio sem retorno, a descrição bastante minuciosa de sua viagem atlântica, a história de sua descida, de sua peregrinação ao fundo de si próprio, e também um romance de formação, cujo protagonista tem uma idade na qual geralmente ninguém se forma.

No dia em que deu por terminada a reconstituição de sua história de desterro, Mayol sumiu. Ao entardecer, deixou o Bom Jesus, evaporou de modo misterioso. Durante dez dias – curiosamente os mesmos que consumara me contando a história de sua viagem de exílio – nada se soube dele. Houve, sim, quem assegurasse tê-lo visto descendo para as cavernas subterrâneas de origem vulcânica que há no norte da ilha. Houve também quem dissesse tê-lo visto sentado num bar do povoado de Campanário – o esplêndido porto, vizinho de Funchal, onde nasceu o dono do café no qual a roda se reúne –, e houve também quem defendesse – foi a Rita, na verdade – a teoria de que Mayol se escondera para organizar uma história de mistério que me levasse a escrever um segundo romance sobre ele, um romance para o qual, diferente do que escrevo agora, teria que imaginar tudo, especular sobre onde havia estado e o que havia feito e que fatos banais ou relevantes tinham lhe acontecido.

A questão é que Mayol sumiu durante dez dias e não se sabe onde esteve. Passado esse tempo, reapareceu. Apresentou-se nesta casa da rua Santa Maria e nos disse, à Rita e a mim, que passara dez dias sentado.

– Sentado? – perguntou Rita.

– É só uma metáfora – respondeu. – Bom, o que quero dizer vai ser mais fácil de entender se eu citar Kant, para quem uma das primeiras e nada desprezíveis façanhas da escola é ensinar as crianças a ficarem sentadas. Que outra coisa pensam que eu fiz nesses dez dias, além de permanecer lendo, sentado, estudando sentado, sempre sentado, me interessando pela literatura, a pintura, a música, a matemática?

Eu lhe disse que o tinham visto descer nas cavernas subterrâneas ao norte da ilha. Negou ter estado lá, mas admitiu ter estado a ponto de visitar essas cavernas, já que tivera a obsessão de procurar um buraco pelo qual escapar deste mundo. Deixou-nos petrificados

– mais ainda do que quando pronunciou a palavra metáfora, ou citou Kant – ao falar de uma leitura que o deixara obcecado, uma leitura em torno daquele poço ou abismo que se abriu, segundo os historiadores latinos, no centro do foro e por onde um romano se lançou, armado e a cavalo, no intuito de sensibilizar os deuses.

– Essa brecha – disse-nos – era só uma boca do inferno ou, se preferirem, uma boca do abismo de escuridão que está sob nós, em toda parte. Não é preciso um terremoto para quebrá-la, basta apoiar o pé. Há que se pisar com muito cuidado. Inevitavelmente, no fim, nos afundamos.

– Deve ter estado muito tempo sentado – brinquei – para ter aprendido a falar assim.

– Mas é claro – respondeu –, a verdade é que precisava, precisava libertar dentro de mim o que me impedia de ser eu mesmo e o que impedia a realização do gênio, segundo li, que está adormecido dentro de cada um de nós. *A cadeira vazia* me presenteou com esta a idéia e me abriu caminho para a leitura de outros livros e, enfim, devo dizer a vocês que obtive algumas conquistas, sobretudo com relação a meu gênio adormecido...

Contou algumas de suas conquistas, falou durante um bom tempo. Deixei de escutá-lo para dizer comigo mesmo que, muito provavelmente, desde o primeiro momento, desde a primeira vez que o vi manipulando aquele mapa de Funchal na entrada do Bom Jesus, Mayol exercera sobre mim certo magnetismo, como se estivéssemos condenados a nos conhecer, o que explicaria eu associar o destino de sua vida ao romance que acreditava estar predestinado, mais cedo ou mais tarde, a escrever.

Pensei isso e também que ele e eu no fundo nos parecíamos com Bouvard e Pécuchet. Como eles, éramos autodidatas e lutávamos por sair do poço de nossas respectivas formações culturais insuficientes. Só nos faltava confeccionar, como a Bouvard e Pécuchet, uma escrivaninha de carteira dupla onde Mayol pudesse continuar seus estudos e eu o romance com o qual pretendia averiguar se tinha condições para ser escritor. Só nos faltava, como a Bouvard e Pécuchet, começar a comprar mais material de estudo. Sim, para mim ficava claro que ambos tínhamos muito de principiantes.

Passaram-se já alguns meses desde o dia em que Mayol, após seu estranho desaparecimento de dez dias, se apresentou tão tranqüilo na casa da rua Santa Maria e nos contou seus avanços culturais – avanços que nos dias seguintes continuaram sua marcha ininterrupta –, e depois voltou, também muito tranqüilo, ao Bom Jesus, onde, certamente, conseguiu ser o primeiro freguês em toda a história do hotel que nunca pagou.

O mais marcante para mim no dia de seu reaparecimento foi a resposta que me deu quando, perdendo a paciência, tentei obrigá-lo a me dizer, de uma vez por todas, onde se escondera.

– Estive em meus funerais no outro mundo – respondeu, e ficou muito tranqüilo.

Faz um mês, na inauguração da livraria de Pablo, a novíssima e espetacular livraria Antonio Geli, voltou a me responder o mesmo quando de novo lhe perguntei onde se escondera durante aqueles dez dias.

– Em meus funerais do outro mundo. Quantas vezes terei que repetir?

A inauguração foi um grande sucesso, e o jantar no Campanário, uma sucessão de divertidas anedotas, dentre as quais se destaca o momento em que Esteves pediu a Mayol um desconto de dez por cento na livraria Antonio Geli.

Às três da manhã, Rita e eu nos despedimos de Mayol, que empreendia o caminho de volta ao hotel. Segundo ele nos disse, toda noite antes de dormir, como substituto do pai-nosso que rezava na infância, lia em voz alta um poema de Virgilio Piñeira que o havia fascinado.

Pelo que pude saber, o poema fala do exílio terminal de um homem que assume sua condição insular.

Ele se despediu e foi embora caminhando devagar, sem pressa nenhuma, a caminho do hotel. Perdeu-se na noite como quem se perde na boca do inferno, e não voltamos a vê-lo nunca mais. Desta vez desapareceu com toda a sua bagagem, deve ter fugido lá pelas cinco da manhã. Nos primeiros dias pensamos que não tardaria a voltar. Mas já se passou um mês e continuamos sem notícias de Mayol.

Ontem Rita me disse que Mayol está num paradeiro desconhecido porque, como bom amigo, procura me obrigar, com sua misteriosa ausência, a imaginar o final do romance de seu desterro.

– Mayol quer – disse-me Rita – que você dê mais um passo na sua formação como romancista e, em lugar de se limitar a reproduzir o que ele lhe contou, se atreva por fim a imaginar, a inventar.

– Seja como for, o que acontece é que ele não queria pagar a conta do hotel – eu disse, brincando, embora um pouco nervoso.

Continuo nervoso. Mayol não deixou nada em seu quarto no hotel, exceto uma carta dirigida a Julián da Atlântida. Uma carta por certo escrita naquela noite antes de sumir e que hoje mesmo eu me encarreguei de fazer chegar a seu destino, despachando-a para o filho pelo correio urgente.

"Estou preparando uma expedição à Atlântida", podia-se ler na carta, "e não vou demorar muito em me afundar no abismo mais profundo, e se um dia você me procurar, deve saber que poderá me encontrar numa casa do Ensanche, numa casa da Grande Planície que está ao norte da capital da ilha afundada. Fora isso, estou perfeito. Sou amigo de Claudio Magris. Tornei-me judeu, da linha hassídica. Da Catalunha eu me lembro, mas você é quem vai me dizer onde está. Estou dedicado à cultura sem disciplina, dou conferências sobre ilhas e sua mitologia, montei uma livraria para seu primo Pablo, vou ser o protagonista de um romance, pinto portos metafísicos com muitas palmeiras, que às vezes parecem saxofones e outras vezes lembram a silhueta de Kim Novak. De manhã vou ao colégio e, de tarde, à universidade. Espero morrer sabendo o que é o *big bang*; enfim, sou um especialista na sabedoria do afastamento. Receba um abraço atlântico de seu pai artista."

Deixou a carta sobre a mesinha e deitou, estava exausto.

– O desgraçado – murmurou Mayol.

Procurou dormir dizendo que se encontrava em outra ilha, que estava em Cuba, na cidade das colunas, em Havana, e talvez porque nunca estivera nela lhe pareceu que o vento do nada a atravessava.

– A vã Havana – murmurou Mayol.

Como não conseguiu dormir em Havana, procurou se concentrar na lembrança de uma noite do passado, uma noite em Barcelona, recém-casado, uma noite em que não conseguia dormir e acendeu um cigarro que a lua transformou num longo pincel agudo, iluminando o desfile lento dos números do medidor de gás.

Com esse desfile lento a enfeitiçá-lo, Mayol acabou dormindo e ficou seguindo o caminho de sua própria fumaça, a fumaça de um cigarro antigo, fumado há cinqüenta anos. Dormiu e se perguntou por que não seríamos nós mesmos – homens, deuses, mundo – sonhos que alguém sonha, pensamentos que alguém pensa, localizados sempre fora do que existe, e se perguntou por que esse alguém que sonha ou pensa não pode ser alguém que não sonha nem pensa, súdito do abismo e da ficção.

Na plenitude do sonho, acordou. Eram cinco da manhã, abandonou o hotel. Deixando-se levar por sua excepcional capacidade para afundar, sentiu-se a própria Atlântida, no breve espaço de uma noite, tremendo em meio a terremotos e inundações e, sem mais ouvir a estranha sardana, iniciando sua última descida, numa imersão muito vertical, afundando em sua própria vertigem, chegando ao país onde as coisas não têm nome e onde não existem deuses, não existem homens, não existe mundo, só o abismo do fundo.

– Finalmente – murmurou Mayol.

Tradução: Laura Janina Hosiasson
Revisão e preparação: Leny Cordeiro

Projeto de capa: Kiko Farkas – Máquina Estúdio
Projeto de miolo: Jussara Fino
Revisão: Bruno Costa

Dados Internacionais de Catalogação na Publicação (CIP)
(Câmara Brasileira do Livro, SP, Brasil)

Vila-Matas, Enrique, 1948- .
A viagem vertical / de Enrique Vila-Matas;
[tradução Laura Janina Hosiasson]. –
São Paulo: Cosac & Naify, 2004.

Título original: El viaje vertical
ISBN 85-7503-307-7

1. Ficção espanhola I. Título.

04-2589 CDD-863

Índices para catálogo sistemático:
1. Ficção: Literatura espanhola 863

Cosac & Naify
Rua General Jardim 770 2º andar
01223-010 São Paulo SP
Tel: (55 11) 3218-1444
Fax: (55 11) 3257-8164
www.cosacnaify.com.br

Atendimento ao professor: (55 11) 3218-1466

TIPOLOGIA	Adobe Garamond
PAPEL	pólen soft 80 g/m^2
IMPRESSÃO	Cromosete
TIRAGEM	3.000